FOLIO JUNIOR

Titre original : *The Terrible Trins*
Édition originale publiée par Viking, Londres, 1995

Dick King-Smith

LES TERRIBLES TRIPLÉS

Illustrations de Diz Wallis

Traduit de l'anglais
par Michelle Esclapez

Gallimard Jeunesse

1

Trois garçons

A six heures du matin, le jour de l'anniversaire de son épouse, le mari de Mme Gray se faisait tuer et dévorer.

Pour la veuve, c'était à la fois son premier anniversaire et son troisième mari.

Les deux précédents étaient également décédés de mort violente, et à présent, c'était au tour de M. Gray. Légèrement myope, il n'avait pas vu venir le chat.

– J'ai à peine eu le temps de faire leur connaissance, dit Mme Gray à l'amie qui venait de lui apprendre la triste nouvelle. D'abord, c'est Lebrun qui met la patte sur une souricière, puis Lenoir qui tombe tête la première dans le réservoir de poissons exotiques et voilà que, parmi tous les jours de l'année, Gray choisit celui de mon anniversaire pour disparaître à son tour !

– Au fait, tous mes vœux d'anniversaire, ma très chère ! lui dit l'amie souris.

Mme Gray renifla bruyamment.

– Je ne me remarierai plus, dit-elle, plus jamais. Je me dévouerai désormais à l'éducation de mes pauvres orphelins.

En vérité, Mme Gray avait donné le jour à quelque vingt souriceaux. Du défunt M. Lebrun, elle avait mis bas sept souriceaux ; puis, du défunt M. Lenoir, elle en avait eu dix de plus qui tous avaient déjà quitté la maison pour faire leur chemin dans le monde et qui avaient à leur tour procréé de nombreux enfants.

Quant aux souriceaux nés du récemment décédé, M. Gray, ils n'étaient que trois – ce qui était plutôt décevant – et ils n'avaient que quelques jours.

Mme Gray les regarda tristement. Les petits, rosâtres, encore aveugles, n'avaient pas encore de poils et se tortillaient pitoyablement dans leur nid.

– Pauvre petit trio, murmura-t-elle.

– Pardon ? fit l'amie souris.

– Un trio, c'est un autre mot pour dire des triplés. C'est ma vieille mamie qui me l'a appris. Elle a toujours affirmé que c'est un chiffre qui porte malheur et elle m'a même enseigné une berceuse à ce sujet.

Complainte de la Souris

Comme elle doit être marrie, la mère-souris
Dont la portée ne compte que trois
Le plus grave péché que puisse commettre
Une souris, n'est-il pas de mettre bas
Un trio de souriceaux ?

– Essaie de ne pas te faire de souci, dit l'amie souris. Ce sont là de beaux souriceaux. Mais, à propos, que sont-ils exactement ?

– Trois mâles, répondit Mme Gray.

– Hé ! Hé ! Rien que des garçons ? dit l'amie souris. Bientôt prêts à faire les quatre cent coups, j'imagine !

– Pourvu qu'ils ne soient pas aussi distraits que Lebrun, ou aussi maladroits que Lenoir ou encore aussi myopes que mon tout dernier mari ! soupira Mme Gray.

– Comment vas-tu les appeler ?

– Oh, je ne sais pas. Tom, Dick ou Harry, je suppose. Quelle importance !

– Ce sont là des noms bien communs, ma chère, tu ne trouves pas ?

– Eh bien, disons Thomas, Richard et Henri, dit la veuve. C'est un peu plus distingué.

Voici donc l'histoire de Thomas, Richard et Henri Gray, le terrible trio.

2

Quatre paliers

La ferme où vivait Mme Gray – avec des dizaines et des dizaines d'autres souris – était une grande et vieille ferme, pleine de coins et de recoins. Au sous-sol, il y avait des caves et sous les combles, des greniers, et au cours des siècles, d'innombrables générations de souris s'étaient succédé, avaient vécu (et s'étaient éteintes) dans ses murs et sous ses parquets.

On pouvait généralement distinguer chez ces petits habitants de la Ferme du Verger quatre tribus ou clans, selon le niveau qu'ils occupaient à l'intérieur de la maison. Le clan des souris qui vivait tout en haut avait tout naturellement tiré son nom de son environnement : on les appelait simplement les Combles. Au palier du premier étage, vivaient les souris de la Haute (ou les Hautes), et au rez de chaussée vivaient les souris Basses (ou les Basses).

Enfin, tout en bas, au sous-sol, vivaient les souris de Cave.

Ces différents clans pouvaient à toute heure se rendre visite, s'accoupler ou parfois se combattre, grâce à toute une série de passages, de tunnels et d'escaliers souterrains qui montaient et descendaient, véritable réseau routier qui transformait la vieille ferme en un gigantesque gruyère.

Les Combles regardaient de haut les trois autres clans, se croyant de loin supérieures aux souris de la Haute, qu'elles jugeaient trop amoureuses de leur confort et aux voraces souris Basses qui nichaient toujours dans les pièces où se trouvait la nourriture : la cuisine, l'office, la salle à manger et le placard à provisions.

Les Hautes et les Combles descendaient généralement, chacune de leur côté, pendant la nuit – quelquefois même de jour – pour assurer leur subsistance, mais le voyage étant plus long et plus périlleux pour Les Combles, celles-ci avaient développé des qualités exceptionnelles qui faisaient d'elles une race de souris minces et aventureuses, fières de leurs aptitudes physiques, et qui méprisaient tout autant les douillettes Hautes, habituées au nid de plumes, que les prudentes et corpulentes Basses.

Quant aux souris de Cave, elles étaient considérées comme moins que rien par le reste de la compagnie. Pour lutter contre le froid et l'humidité de leurs quartiers souterrains, elles avaient un poil rude et épais, presque toujours noirci par la suie.

Tenues à l'écart par les autres souris qui les snobaient, elles devaient généralement sortir de la ferme par les grillages du sous-sol ou le conduit à charbon pour chercher leur nourriture dans la cour de ferme et les bâtiments annexes.

Aussi grossières qu'elles fussent, les souris de Cave formaient pourtant une joyeuse bande car elles avaient en commun un avantage dont les trois autres clans étaient privés. En plus du charbon, il y avait des barils dissimulés dans les profondeurs de la cave. C'est là que, chaque jour, le vieux fermier se rendait d'un pas lourd, descendant les marches un pichet à la main, pour le remplir de boisson délicieuse – un cidre brut fait de petites pommes douces – et que chaque jour, après son départ, les Caves se rassemblaient pour se régaler du peu qu'il avait pu renverser ainsi que du goutte à goutte qui tombait encore du robinet en bois du baril. Et c'était ainsi tous les jours fête pour cette bande de joyeux drilles.

Mme Gray qui était une Comble de bonne souche, était née en fait dans la couche moelleuse de l'édredon d'un landau de poupée qui avait été mis au rancart au grenier et qui avait une fois appartenu à la fille du présent fermier.

Comme de bien entendu, cette souris bien née avait épousé un jeune Comble, appelé Lebrun, et avait mis bas, peu après, à sept adorables petits Combles. M. Lebrun était le genre de damoiseau qui se vante de

pouvoir attraper le fromage des souricières sans se faire prendre. Ce fut cette fierté qui le perdit.

Une fois devenue veuve, Mme Lebrun (c'est ainsi qu'elle s'appelait alors) avait, lors d'une expédition au rez-de-chaussée de la ferme, fait la connaissance d'une souris Basse grasse et onctueuse nommée M. Lenoir. Elle avait eu un faible pour lui mais, peu de temps après la naissance de ses dix nouveaux petits, ce père avait fait la culbute dans le réservoir aux poissons.

Peut-être pour noyer son chagrin, la veuve Lenoir avait très vite accepté la proposition d'une souris de la Haute, d'âge mûr, nommée Gray. Ce mariage, qui avait eu pour résultat la naissance du trio des souriceaux, était pour la nouvelle Mme Gray source de continuel souci à cause de la myopie avancée de son troisième époux.

« Garde-toi des chats », lui disait-elle chaque fois qu'il quittait la maison, mais hélas, la nuit vint où le pauvre Gray se jeta droit dans la gueule du loup.

– Je le voyais venir, dit Mme Gray à une amie-souris (une Comble elle aussi) qui venait de lui apporter la triste nouvelle.

– Mais lui ne l'a pas vu ! dit l'amie-souris en lui faisant les yeux ronds. Si tu me permets cette remarque, ma chère, tout cela vient du fait que tu t'es mariée au-dessous de ta condition. Lenoir était une souris Basse et même ton dernier regretté époux n'était qu'une souris de la Haute. Comme je le dis, les mésalliances sont toujours une loterie. Une des filles de ma voisine s'est mise en ménage avec une souris de Cave et, si tu veux bien me passer l'expression, ma voisine dit de lui que c'est un ivrogne mal embouché et elle se fait beaucoup de souci quant à ses petits-enfants. A mon avis, ma chère, les Combles devraient davantage se soutenir les uns les autres.

– Je te l'ai déjà dit, répondit Mme Gray un peu brusquement, je n'ai pas l'intention de me remarier. Ma vie sera désormais entièrement dévouée à élever et éduquer mes trois fils, Thomas, Richard et Henri. Mon trio sera le plus remarquable de toutes les souris qui ont vécu jusqu'ici à la Ferme du Verger et dans les futures générations, on ne parlera d'eux qu'avec respect et admiration.

L'amie souris se mit à rire sous cape, d'un air dédaigneux.

– Mazette ! Mais que vont-ils donc faire pour cela, ma chère ? Effaroucher les chats ?

– Je n'en serais pas surprise le moins du monde, répliqua Mme Gray d'un ton froid.

3

SIX CHATS

Les chats de la Ferme du Verger étaient au nombre de six. Quatre d'entre eux n'entraient jamais à l'intérieur de la ferme, mais se contentaient de s'arrêter à la porte de la cuisine, derrière la maison, là où, par temps d'orage, Mme Budge, la femme du fermier, posait parfois à leur intention une soucoupe de restes ou bien un bol de lait caillé. C'étaient de vulgaires chasseurs de rats et de souris, habitués à la cour de ferme et qui chassaient dans la grange et l'étable, ne s'approchant de la maison qu'aux heures des repas.

Les deux autres étaient des chats domestiques, que le fermier Budge tolérait (il n'aimait pas les chats ni d'ailleurs aucun animal de leur espèce) aussi longtemps qu'ils le débarrassaient des souris (animal qu'il aimait encore moins).

L'un d'eux était un matou parfaitement blanc et plutôt sourd (comme la plupart des chats de cette couleur), mais avec des yeux verts extrêmement vifs. Les yeux de l'autre, une chatte noire, étaient jaunes mais tout aussi vifs. Le blanc s'appelait Wallace, la noire Bertha.

Les quatre chats de la cour de ferme – tous des tigrés qui n'avaient pas de nom particulier – se nourrissaient exclusivement des souris de Cave qui rentraient ou sortaient de leurs sombres donjons. Celles-ci étaient particulièrement faciles à attraper surtout quand elles avaient bu une goutte de trop.

Quant à Wallace et Bertha, ils n'attrapaient jamais de souris de Cave, éventuellement une souris de Comble et quelques souris de la Haute, mais leurs proies principales restaient les Basses. C'était le prix que celles-ci devaient payer pour vivre au chaud et à proximité de la nourriture, et donc dans le voisinage de Wallace et Bertha qui s'aventuraient rarement à l'étage.

Ce pauvre M. Gray avait trouvé sa fin pour n'avoir pu distinguer la noire Bertha dans l'ombre de la cuisine. Et peut-être était-ce à cause de cette fin si pathétique, que Mme Gray ressentait la perte de son troisième époux plus douloureusement que celle de Lebrun ou de Lenoir.

Elle s'adressa au trio qui dormait paisiblement dans leur nid.

– Les chats ! s'exclama-t-elle. Comment nous, souris, pourrions-nous avoir une seule chance contre eux !

Alors lui revint en mémoire la récente remarque que son amie souris avait faite à propos du trio d'un ton sarcastique. Ne serait-il pas merveilleux que Thomas, Richard et Henri, une fois grands, puissent réellement effrayer les chats à tel point qu'on en soit débarrassé une fois pour toutes ! Quelle façon glorieuse de venger ainsi la mort de leur père !

A cet instant précis, Mme Gray prit une décision. Elle allait entraîner le trio des souriceaux à devenir des champions de la liberté à la cause de la gente souris. Ils ne seraient ni timides ni craintifs comme les autres souris, mais deviendraient en grandissant hardis, rusés et pleins de ressources, et ils mèneraient une guerre incessante contre ces deux monstres, l'un blanc et l'autre noir, qui faisaient la loi à la ferme.

Non seulement les Combles, mais également les souris de la Haute et les Basses reconnaîtraient en eux des héros, les sauveurs de l'espèce des souris. Les méprisables Caves elles-mêmes boiraient un jour à la santé du terrible trio.

C'est avec cet idéal en tête que Mme Gray se mit au travail.

Les yeux des petits du trio étaient à peine ouverts et leurs corps à peine recouverts de fourrure (elle se révéla grisâtre) que leur mère commença à endoctriner leurs jeunes cerveaux.

– Vous êtes les plus forts, leur fredonnait-elle, tout en les bordant dans leurs nids. On n'a jamais vu de souriceaux tels que vous. Rappelle-toi cela, Thomas. Et toi, Richard. Toi aussi, Henri. Vous êtes le Terrible Trio.

Elle composa même une berceuse à ce sujet qu'elle leur apprit à chanter de leurs petites voix flûtées.

Sais-tu la nouvelle, gros minet ?
Il y a du grabuge dans l'air
Aussi prends garde à droite,
Et prends garde à gauche, gros minet,
Et surtout, ne te retourne pas.

Qui va te faire payer, gros minet,
Pour tes nombreux péchés ?
Qui, nuit et jour, va te hanter, gros minet ?
Le trio ! Le trio ! Le trio !

Dès que Thomas, Richard et Henri furent assez grands pour quitter leur nid, Mme Gray établit pour eux un programme de mise en forme.

Au début, il fut assez modeste – il consistait en une série d'exercices comme courir, sauter, grimper – qui tous avaicnt lieu dans les combles. Mais bientôt, elle les fit descendre à l'étage et de là, au rez-de-chaussé, les entraînant à la suivre à toute allure le long des nombreux passages, tunnels et escaliers souterrains, jusqu'à leur faire connaître par cœur tous les chemins à l'intérieur de la vieille ferme.

Parce qu'elle avait beaucoup de lait à leur donner et aussi parce qu'ils n'étaient que trois, les petits du trio se développèrent rapidement et les souriceaux devinrent bientôt plus forts et plus robustes que les autres souriceaux du même âge, parmi les Combles, les

Hautes et les Basses. Mais tout le temps que dura cet entraînement intensif, Mme Gray prit grand soin de les garder à l'écart de Wallace et Bertha.

Elle montra une souricière au trio en expliquant son fonctionnement et en faisant une référence spéciale à l'ex M. Lebrun, puis se rappelant l'ex M. Lenoir, elle leur fit remarquer le danger que représentait le réservoir de poissons exotiques.

Mais ce n'est que lorsqu'ils eurent définitivement quitté l'enfance et qu'ils furent devenus de jeunes souriceaux adolescents (en quelques semaines, bien entendu) – et de superbes specimens de la race souris – qu'elle se décida à leur montrer l'ennemi héréditaire.

Elle choisit Wallace en se disant que sa surdité en faisait un modèle plus sûr pour sa démonstration.

Très tôt un matin, elle conduisit le trio à l'entrée de la S1, comme se nommait alors la principale Sourisroute. C'était une voie verticale qui descendait des combles et qui, passant par le mur de fond de la chambre des Budge, se terminait directement sous l'évier de la cuisine. Là, un certain nombre de routes secondaires couraient autour de la cuisine et Mme Gray en choisit une dont la sortie se situait exactement au-dessus et sur un des côtés de la cuisinière.

Invitant le trio à la suivre, elle émergea sans bruit sur le rebord d'une des étagères du placard, et tous ensemble purent bientôt contempler l'énorme masse blanche qui gisait sur le côté, profondément endormie.

– Ça, dit Mme Gray, c'est un chat.

– C'est gros, dit Thomas.

– C’est laid, dit Richard.

– Et ça sent mauvais, dit Henri.

– Est-ce que c’est lui qui a mangé papa ? demanda Thomas.

– Non, dit Mme Gray. Celui-là était noir. Ce blanc-ci diffère de la plupart des chats parce qu’il est un peu sourd. C’est pourquoi je peux vous parler avec ma voix normale – il ne peut pas m’entendre.

– Ne peut-il vraiment rien entendre du tout ? demanda Richard.

– Pas grand-chose.

– Même si on lui crie dans l’oreille ? demanda Henri.

– Oh, je crois bien que ça, il l’entendra.

Tout à coup, le trio échangea un regard.

– Sais-tu la nouvelle, gros minet ? chantonna doucement Thomas.

– Qui va te faire payer, gros minet ? chantonna Richard.

– Et qui, nuit et jour va te hanter, gros minet ? chantonna Henri.

Puis, ils se glissèrent le long de la porte du placard, se rangèrent tous trois derrière l’oreille de Wallace endormi, et se penchèrent en avant jusqu’à ce que leurs petits museaux la touchent presque et là, d’une seule voix et du plus fort qu’ils le pouvaient, ils crièrent : BOUM ! ! !

4

KEVIN ENTRE EN SCÈNE

Certes Wallace était dur d'oreille, mais pas à ce point.

Être tiré d'un état de sommeil profond par un cri de souris puissance trois hurlé au creux de l'oreille était une expérience fracassante, comme si l'on recevait soudain une décharge électrique.

D'un seul mouvement convulsif, le chat blanc fit un bond en l'air et atterrit sur le plancher de la cuisine, oreilles rabattues et la queue raide comme un balai, regardant, effaré, autour de lui pour trouver la cause d'un si terrible bruit. Mais il n'y avait rien à voir dans la cuisine. Les seuls sons – trop éloignés pour que Wallace puisse les entendre – étaient les cris excités et les rires nerveux de la famille Gray, tandis qu'elle regagnait son nid le long de la S1.

– Oh, maman, que c'était drôle ! dit Richard.

Ils étaient à nouveau sous les combles, de retour de leur aventure.

– Ce n'est pas ce qu'« il » a pensé ! dit Henri qui riait encore.

– Pourrons-nous recommencer ? demanda Thomas.

« Ce n'est pas une mauvaise idée, se dit Mme Gray. Une guerre psychologique. C'était peut-être le bon moyen pour venir à bout du chat blanc. Lui donner ce genre de choc pour ruiner ses nerfs. »

– Eh bien, nous verrons, dit-elle. Quant à vous, mes garçons, je vous félicite pour avoir opéré une si prompte retraite. C'est là, vous voyez, les bons effets de l'entraînement. Maintenant, tous en ligne, je veux vous voir parcourir six fois la longueur des combles, aller et retour. Et touchez le mur à chaque extrémité avant de tourner. Allons, prêts ? Partez !

La vieille Mme Budge, qui était étendue sur son lit dans la pièce au-dessous, entendit le trottinement de petites pattes au-dessus de sa tête et sourit.

« Chères, chères petites mignonnes, se dit-elle, je voudrais parfois que nous n'ayons pas de chats. Comme les souris sont gentilles, vraiment elles sont adorables. J'adore les voir surgir dans la maison avec leurs yeux brillants, leurs grandes oreilles et leurs petites moustaches qui se dressent... » Et elle resta étendue tranquillement pour ne pas réveiller son mari tandis que le bruit, là-haut, continuait au-dessus de sa tête.

Dans la cuisine, Wallace venait d'être rejoint par Bertha qui entra par la chatière, tenant dans la gueule une souris de Cave sombre et velue, encore vivante. Elle la déposa sur le plancher et mit sa patte par-dessus.

– Ces chats de ferme ! s'exclama-t-elle. On dirait que toutes les souris de Cave leur appartiennent. Je viens de leur dire leur fait, tu peux me croire. « Regardez bien, leur ai-je dit, je vais attraper une souris et je la choisirai où bon me semble, à l'intérieur ou à l'extérieur de la maison. » Le simple fait que je sois un des chats domestiques ne veut pas dire que je n'aie pas le droit de chasser dans votre vieille cour dégoûtante si j'en ai envie, alors faites attention et conduisez-vous en conséquence. Un tas de fumier, voilà ce qu'ils sont.

– Quoi ? dit Wallace.

– Wallace ! s'écria Bertha. Tu n'as pas écouté un mot de ce que je viens de te dire !

La chatte fit un pas ou deux dans sa direction, levant ainsi sa patte de dessus sa proie, et éleva la voix.

– Que se passe-t-il ? dit-elle. Tu es blanc comme un linge.

– J'ai reçu un choc, murmura Wallace.

– Quoi ? Où ? Comment ? Pourquoi ? Quand ? Que t'est-il arrivé ? dit Bertha.

– Un bruit désagréable, dit Wallace. Dans ma tête. Ça m'a réveillé en sursaut.

Profitant de cet instant de distraction, la souris de Cave que Bertha avait attrapée s'éloignait en catimini. Elle avait été très choquée et était encore ébouriffée et tout humide d'avoir été tenue entre les mâchoires de la chatte noire, mais elle était indemne. Elle se glissa dans un trou de souris qu'elle aperçut, au bas de ce même placard d'où les Gray s'étaient tenus pour contempler Wallace.

– Un bruit dans ta tête ? dit Bertha. Quelle absurdité, Wallace. Tu as fait un cauchemar, voilà tout. Prends un peu de ma souris maintenant, cela te remontera. Je vais lui écraser la tête et tu pourras manger la cervelle – c'est très bon quand on a eu un choc, ma vieille mère me l'a toujours dit.

Mais quand il regarda autour de lui, la souris de Cave avait disparu.

La chatte noire eut un grognement de colère.

– Regarde ce que tu m'as fait faire, dit-elle. Si tu n'étais pas resté là à jaser comme une pie pendant des heures à propos de ce bruit stupide dans ta tête, nous aurions pu partager cette souris, mais à présent, elle court dieu sait où et tout est de ta faute, est-ce que tu m'entends ?

– Quoi ? dit Wallace.

Et sans un mot de plus (ce qui était surprenant) Bertha bondit et disparut par la chatière.

La souris de Cave, qui s'était réfugiée sous le placard, tremblait encore en entendant la voix des chats et ce n'est que lorsque celle-ci s'arrêta qu'elle commença à se ressaisir. Elle s'assit et s'inspecta des pieds à la tête pour voir si elle n'avait rien de cassé, mais ne vit rien d'anormal. La seule chose qui n'allait pas (et c'était déjà suffisant) c'est qu'elle avait un terrible mal de tête, ce qui n'avait rien à voir avec le chat.

« Quel vieux fou je suis, se dit-elle, d'avoir bu

autant. » Il faut dire que la nuit précédente, il y avait eu une sorte de fête à la cave. Le fermier Budge était descendu, à son habitude, pour remplir son pichet de cidre et, en remontant les escaliers dans le noir, il en avait renversé une bonne partie sur les marches.

Un groupe de joyeux drilles avait découvert la mare de cidre, et cette souris de Cave qui se nommait Kevin et qui, vu son âge, aurait dû être plus expérimentée, s'était jointe à la compagnie.

Décidé à montrer qu'il était capable de se mesurer à de jeunes souriceaux, Kevin avait absorbé goutte après goutte du fort breuvage jusqu'à ce que la tête lui tourne.

– Désolé, les gars, murmura-t-il, mais je dois vous quitter…

– Non, non, Kevin, vieux camarade ! Encore une autre ! s'écrièrent-ils.

Et il se soumit, jusqu'au moment où il dut sortir, titubant, à travers un grillage, à la recherche d'un peu d'air frais.

Il se retrouva dans la cour de la ferme comme l'aube pointait. En levant la tête, Kevin aperçut deux soleils qui se montraient au-dessus des toits jumeaux de deux étables jumelles. Il ferma les yeux, secoua la tête pour s'éclaircir les idées et quand il les rouvrit, ce fut pour voir devant lui deux chats noirs qui le regardaient fixement.

Mais à présent, comme il risquait un coup d'œil audehors, depuis le trou de souris où il se trouvait, il vit qu'il n'y avait plus qu'un seul chat blanc dans ce qui – il s'en rendait compte – devait être la cuisine.

« Je ne peux pas partir par là, pensa-t-il. Comment vais-je pouvoir redescendre dans la cave ? »

Au même instant, une forte odeur de souris l'avertit : quelque part dans le mur derrière lui, quelqu'un approchait dans le passage où il se trouvait. « Et ce ne peut être des souris de Cave, se dit-il, ce serait peut-être des souris Basses, ou pire, des souris de la Haute », ou pis encore des Combles et elles le battraient comme plâtre, il en était sûr.

« Oh, quel vieux fou je suis, pensa-t-il à nouveau. Jamais plus je ne toucherai à ce truc, je le jure. A partir de maintenant, je ne boirai plus que de l'eau de pluie, si du moins j'arrive à me sortir d'ici sain et sauf. Oh, mon dieu, mon dieu, je suis la plus misérable de toutes les souris. »

Et pour le trio de souriceaux qui venait juste de dévaler la S1 à la recherche d'un petit déjeuner, c'est vraiment ainsi que le pauvre Kevin leur apparût – tout crotté et affublé d'une terrible gueule de bois.

5

Un petit déjeuner chez les Basses

En voyant les trois jeunes souriceaux robustes et au poil soyeux qui lui faisaient face, Kevin se plaqua contre le mur et se prépara à vendre chèrement sa peau.

– N'approchez pas ! s'écria-t-il. C'est moi le champion poids-plume des souris de Cave !

Le trio lança un regard soupçonneux à ce gros étranger malpeigné qui avait l'air si misérable et prononçait des paroles si désespérées. C'était la première fois de leur vie qu'ils voyaient une souris de Cave.

– Gardez votre sang-froid, dit Thomas.

– Calmez-vous, cher monsieur, dit Richard.

– Ne vous faites pas de bile, dit Henri. Nous ne vous cherchons pas querelle. Mais, dites-moi, quelle mouche vous a piqué ?

– Ce n'est pas une mouche, c'est un chat. Il a failli m'avaler.

– Un blanc ? fit en chœur le trio.

– Non, un noir. Mais j'ai réussi à lui échapper. A propos, je me présente, je m'appelle Kevin.

– Comment allez-vous ? dirent-ils tous en chœur.

– Eh bien, pas très bien pour l'instant, dit Kevin. En

fait, j'aurais besoin d'un bon petit somme, mais je ne connais pas le chemin pour rentrer à la cave. Je suppose que vous, les garçons, pourriez me l'indiquer ?

– Je crains que non, dit Henri.

– Jamais mis le nez là en bas, dit Thomas.

– Nous sommes des Combles, dit Richard. Je me présente, Richard Gray.

– Et je suis Thomas Gray.

– Et moi, Henri Gray.

– Vous êtes frères ? demanda Kevin.

– Un trio, dirent-ils en chœur.

Kevin ne savait pas ce qu'était un trio, mais les trois jeunes souriceaux lui parurent si chaleureux qu'il commença à se sentir nettement plus à l'aise. Et il n'avait plus aussi mal à la tête.

– Ma mère m'avait toujours dit que les Combles sont un tas de prétentieux, mais vous, mes amis, vous êtes différents.

– Notre mère a un ami… dit Richard.

– qui dit toujours… continua Henri.

– ….que les Souris de Cave sont le bas du palier, termina Thomas.

A cette remarque, Kevin reprit son air abattu, mais le trio se hâta de le réconforter.

– Viens avec nous, Kevin, dit Thomas.

– Viens prendre un petit déjeuner, dit Henri.

– Et ensuite, dit Richard, nous t'amènerons chez nous – là-haut – et nous te présenterons à notre mère.

Ils lui firent prendre le périphérique de la cuisine, puis empruntèrent une sorte de boulevard extérieur qui débouchait derrière le garde-manger. C'était une pièce de belle taille aux murs garnis d'étagères sur lesquelles se trouvaient toutes sortes de boîtes de conserve, de paquets et de pots. On y voyait aussi une plaque d'ardoise recouverte d'un grand nombre de fromages.

Il y avait déjà de nombreuses souris à la table du petit déjeuner, des Basses pour la plupart, mais aussi quelques Combles et quelques Hautes, par-ci par-là. Ce qu'il n'y avait pas, bien entendu, et ce qu'il n'y avait jamais eu jusqu'ici, c'étaient des souris de Cave. A la vue de Kevin, chacun s'arrêta de manger et le fixa, les yeux ronds, d'un regard pour le moins inamical.

– Hé, toi ! grogna une grosse Basse, pour qui te prends-tu ? Retourne d'où tu viens et plus vite que ça, espèce de sale engeance !

– Excusez-moi, dit Thomas poliment, mais ce monsieur est notre invité.

– Oui, nous l'avons invité à prendre un petit déjeuner, ajouta Richard.

– Invité ? Petit déjeuner ? bredouilla la grosse Basse. Je ne comprends pas un mot de ce que tu racontes.

– Fromage rassis, dit Henri.

Et il y eut des ricanements à la table.

Piqué au vif, la grosse Basse s'avança vers Kevin d'un air menaçant.

– Hors d'ici, petits effrontés ! aboya-t-il en direction du trio. Je vais donner une leçon à ce mal peigné de souris de Cave.

Mais ce n'était pas en vain que Mme Gray avait donné à ses fils une maîtrise complète des arts martiaux.

– Si vous devez vous battre, leur avait-elle dit, rappelez-vous toujours que l'union fait la force. On dit qu'un bon gros battra un petit gros et cela est sûrement vrai. Mais à vous trois réunis, vous pourrez venir à bout de la plus grosse des souris, quelle que soit sa taille. Travailler en équipe, c'est là le secret. Thomas, tu t'occupes de son oreille gauche. Henri, de la droite. Richard, tu t'agrippes à la base de sa queue. Que chacun de vous ait une bonne prise et tire de toutes ses forces. Et ne perdez pas votre souffle à interpeller ou à menacer inutilement votre adversaire. Pas de ces « répète-moi ça et attends ce que tu vas voir ». Surprise et rapidité, fonçez droit sur l'ennemi et mordez dur, sans hésiter. Une souris n'a pas la moindre chance d'en réchapper.

Comme maman Gray avait raison !

Un instant, la grosse Basse parlait de donner une leçon à Kevin, l'instant d'après, il en recevait une lui-même, et particulièrement douloureuse.

Thomas s'était jeté sur son oreille gauche, Henri sur sa droite, Richard sur son postérieur, et leurs mâchoires s'étaient étroitement refermées chacune sur leurs cibles respectives, tandis que la grosse Basse cherchait en vain à se dégager de leur emprise.

– Je me rends ! Je me rends ! hurlait la pauvre souris en se débattant et en frappant de ses pattes de devant contre la plaque d'ardoise des fromages.

Quand enfin ils la lâchèrtent aller, c'est toute déchirée et sanglante qu'elle prit la fuite, bientôt suivie par le reste des spectateurs, complètement éberlués par la puissance du terrible trio.

Les trois Gray se regardèrent d'un air satisfait.

– L'union… dit Thomas

– … fait… dit Richard.

– … la force… dit Henri.

Puis, ils se tournèrent vers Kevin.

– Et maintenant, dit Thomas, qu'est-ce que tu vas prendre ? Un peu de Cheddar ?

– Ou bien un double Gloucester ? dit Richard.

– Ou bien encore, suggéra Henri, il y a un Edam succulent !

Sans se faire prier davantage, Kevin goûta aux trois fromages.

Par contraste avec son régime ordinaire plutôt maigre – quelques grains de blé éparpillés par-ci par-là ou quelques grignotements apportés au silo de pommes de terre – les fromages lui semblèrent délicieux et il s'en remplit la panse.

Ce fut donc ensuite avec de grandes difficultés qu'il

parvint à suivre le trio qui l'entraîna, par la S1, jusque sous les combles.

« Attendez-moi, les garçons ! » leur criait-il d'une voix plaintive, tandis qu'il s'engouffrait à leur suite dans le conduit raide qui les ramenait chez eux ; en arrivant à l'extrémité de la souris-route, il était si fatigué par toutes ses aventures – sans parler de son énorme petit déjeuner et des restes de sa gueule de bois – qu'il s'affala sur le plancher des combles et ferma les yeux, exsangue.

Il entendit faiblement un des souriceaux qui disait : « M'man, voilà Kevin. Kevin, c'est M'man », et il ouvrit un œil. Puis il ouvrit l'autre, et cette fois, tout grand. Et il essaya en titubant de se remettre sur ses pattes devant l'aimable dame des Combles.

« Oh, pensa Kevin, quelle beauté divine ! C'est le parangon des dames souris ! »

– Bienvenue, M. Kevin, dit Mme Gray d'un ton gracieux. Les garçons viennent de tout me raconter à votre sujet. J'espère que vous vous sentez mieux à présent.

Kevin sentit sa gorge se serrer.

– Oh oui, merci, madame Gray, dit-il. Je me sens déjà mieux, beaucoup mieux.

6

Le harcèlement du chat

La première chose que la vieille Mme Budge faisait chaque matin c'était d'aller au garde-manger pour faire un peu de ménage après les agapes des souris. Il y avait toujours un tas de marques de grignotages autour des fromages durs ainsi que de minuscules empreintes de pattes sur les fromages mous, sans parler des crottes de souris qui jonchaient la plaque d'ardoise, toutes choses que le fermier Budge devait absolument ignorer.

– Cela le rendrait fou, disait tout haut Mme Budge, s'il savait... s'il savait ce que mes petites mignonnes peuvent faire !

Elle rassemblait alors soigneusement les rognures que les pauvres petites avaient mâchouillées et les mettait de côté. Vers la fin de la semaine, il y en aurait suffisamment pour qu'elle puisse préparer pour son mari une fondue au fromage sur canapé, spécialité galloise s'il en est.

Une chose que l'on pouvait dire en faveur de Budge – elle se le répétait souvent – c'est... qu'il était facile à nourrir. Car le petit déjeuner favori du fermier, de même que tous ses autres repas de la journée, consistait en une pinte de cidre accompagnée d'un peu de pain et de fromage.

Ce matin-là, une fois qu'il eut terminé la traite, il rentra dans la cuisine comme d'habitude (sans enlever ses bottes) et s'assit à la table (sans se laver les mains). Mme Budge plaça devant lui une miche de pain, une grosse tranche de fromage et deux gobelets d'une pinte chacun, l'un rempli d'une boisson délicieuse et l'autre d'eau.

Puis, le fermier porta son pouce et son index repliés à son œil droit, le retira (c'était un œil de verre) et le laissa tomber dans le gobelet rempli d'eau.

Après avoir englouti une bonne rasade de cidre, il tira de sa poche un énorme couteau à cran d'arrêt, se coupa un gros quignon de pain, coupa un gros morceau de fromage et enfourna l'un et l'autre dans sa bouche. Il se mit à les mâcher, mâchoires grandes ouvertes, puis les avala, arrosant chaque bouchée d'une rasade de cidre encore plus copieuse que la précédente, sous le regard glauque de son œil de verre qui le lorgnait d'un air sinistre à travers son habitacle vitreux.

Wallace et Bertha se tenaient à distance de Budge, se méfiant des coups de pied toujours possibles du fermier – en particulier Wallace qui ne l'entendait jamais arriver – Mais ce matin, Mme Budge remarqua que le chat blanc semblait particulièrement trouillard. Il sursautait constamment en jetant des regards anxieux tout autour de la cuisine.

– Que se passe-t-il avec notre Wallace ? dit Mme Budge.

Son mari fixa le chat blanc de son œil valide.

– Les chats ! dit-il. J'les déteste.

Il vida d'un trait son gobelet de boisson délicieuse et s'essuya la bouche du revers de sa manche. Puis il sortit l'œil de verre de l'autre gobelet, l'essuya, le polit sur son autre manche et le remit à sa place dans son orbite.

– S'il y a une chose que je déteste plus encore que les chats, dit-il, ce sont les souris !

Et il sortit de son pas lourd, en claudiquant.

Mme Budge secoua tristement la tête.

– Pauvre vieux Wallace, dit-elle, que t'arrive-t-il ?

Elle se baissa pour caresser le chat. Mais Wallace fit un bond de côté à son contact et l'évita en battant l'air de sa queue.

– Tu es comme Budge ce matin, dit-elle. Tu t'es levé du pied gauche ou bien tu es tombé du lit.

– Un lit ! dit Mme Gray d'un ton ferme. Voici ce qu'il vous faut, M. Kevin. Vous dites que vous allez mieux, mais vous avez subi un drôle de choc. Du repos, c'est ce dont vous avez le plus besoin pour l'instant.

Kevin était dans l'embarras. Lui, une simple souris de Cave, voilà qu'il se trouvait sous les combles et, ce qui était un comble, il se voyait offert un lit par cette si aimable dame...Comble !

– Oh non, non, marmonna-t-il. Je connais ma place. Si vous pouviez simplement m'indiquer comment redescendre au cellier, madame Gray, je n'abuserais pas davantage de votre temps.

– Rien ne presse, Kevin, dit Thomas.
– Nous te ramènerons plus tard, dit Richard.
– Mets-toi d'abord au pieu, comme dit M'man, ajouta Henri.
– Nous avons un tas de chambres vacantes, dit Mme Gray.

De fait, la famille Gray avait élu domicile à l'intérieur d'une vieille bergère à oreilles qui était restée au grenier pendant des lustres. Des générations de souris l'avaient utilisée avant que les Gray ne s'y installent à leur tour et chacune des familles y avait apporté ses changements et améliorations, de sorte que la laine dont elle était rembourrée était criblée de trous et de passages divers, ainsi que de confortables petits nids. Les appartements de Mme Gray se trouvaient au dos de la bergère ; le trio vivait dans le siège, alors que les oreilles étaient réservées aux visiteurs.

Kevin jeta un coup d'œil à ses trois nouveaux jeunes amis ainsi qu'à leur superbe maman mais la perspective de devoir redescendre dans l'humidité et la froidure de la cave lui parut soudain peu attirante.

– Eh bien, dit-il, puisque vous insistez. Je me sens en effet un peu fatigué.
– Bon, les garçons, dit Mme Gray d'un ton soudain guilleret, menez M. Kevin dans l'oreille gauche.

Bien repu, à l'abri dans un lieu chaud et confortable, Kevin dormit d'un sommeil profond et réparateur. Quand il émergea enfin de sa chambre, il n'y avait alentour aucun signe des Gray.

– Personne à la maison ? couina-t-il à la ronde.

Mais il n'y eut pas de réponse.

Le son de sa voix attira pourtant un grand nombre de Combles qui accoururent de lézardes et de coins éloignés pour assister à ce spectacle jamais vu : une souris de Cave promue à de telles hauteurs. Il avait suffi de quelques nouveaux trajets à la vitesse de la lumière dans la colonie des souris et déjà tout le monde savait ce qui s'était passé ce matin-là. En tant que Combles, leur instinct était de se ruer sur l'intrus et de le faire redescendre jusqu'au lieu d'où il venait, mais tous connaissaient l'histoire – qui s'était encore amplifiée dans l'intervalle – selon laquelle le trio Gray avait pratiquement tué un jeune géant parmi les souris Basses et cela pour prendre la défense de la souris de Cave en question. Bien entendu, personne ne voulait risquer un destin similaire. Seule la plus proche voisine de l'amie intime de Mme Gray (celle dont la fille s'était enfuie avec un de ces riboteurs de souris de Cave) fut assez hardie pour oser siffler à ses oreilles « sale poivrot ! » en détalant devant lui.

C'est à ce moment même que Mme Gray parut, émergeant en haut de la sortie de la S1.

– Avez-vous fait une bonne sieste ? demanda-t-elle aimablement.

– Oh oui, merci, dit Kevin. Je dois vraiment partir maintenant. Si vos garçons pouvaient m'indiquer le chemin.

– J'ai peur que vous ne deviez attendre un peu, dit Mme Gray. Ils sont occupés pour l'instant.

– Oh, dit Kevin, et que font-ils ?

– Ils harcèlent le chat, dit Mme Gray.

Ainsi en avait-elle décidé : un second assaut contre le chat blanc devait avoir lieu ce jour même. Les chocs apportés à son système nerveux devaient se répéter fréquemment pour être efficaces.

– Ne lui laissez pas une minute de repos, les garçons, avait-elle dit au trio. Chaque fois qu'il s'assoupit, vous devez y aller. Il faut lui mettre les nerfs en pelote, ne jamais le laisser en paix.

C'est ainsi que Kevin une fois installé dans l'oreille gauche du fauteuil, Mme Gray avait à nouveau conduit le trio jusqu'à la cuisine pour lui faire surveiller Wallace. Elle lui trouva un bon poste d'observation, un trou de souris à ras du sol qui n'était pas loin de la cuisinière – les chats avaient l'habitude de s'endormir dans sa douce chaleur– et qui, de plus, avait une voie de retraite toute tracée vers la S1.

– Faites des tours de garde, leur dit-elle. Une heure de guet pour deux heures de repos. Au moment où il est bien assoupi, que celui qui est en sentinelle aille réveiller les autres et là, il faut agir vite. Tous

ensemble, hurlez dans son oreille et disparaissez avant qu'il ne se rende compte de ce qui l'a réveillé.

– C'est du gâteau, M'man, dirent-ils en chœur. Dis à Kevin que nous serons bientôt de retour.

Mais en fait, chacun d'eux avait achevé son heure de garde avant que le chat blanc ne se relaxe suffisamment pour pouvoir retourner dormir.

Richard, qui était le premier en sentinelle, alla réveiller Henri et Thomas et tous trois se glissèrent silencieusement hors du trou de souris.

– Allons-y tous ensemble, dit-il.

– Hurlons-lui à l'oreille, dit Henri.

– Puis, vite, disparaissons ! dit Thomas.

Et c'est ce qu'ils firent.

Cette fois, le « BOUM ! » pénétra si profondément dans l'oreille de Wallace qu'il résonna encore plus fort que la première fois. En fait, il était si fort qu'il étouffa le grincement de la chatière, tandis que la noire Bertha se glissait à l'intérieur de la cuisine.

7

WALLACE SORT DE SCÈNE

La vieille Mme Budge sortit du garde-manger où elle venait de couper une grosse tranche de fromage pour le déjeuner de son mari, juste à temps pour voir Wallace faire un bond en l'air en miaulant d'horreur à l'horrible bruit qui résonnait pour la seconde fois dans sa tête. Il passa en trombe devant elle et par la porte qui menait dans le salon où il alla se cacher sous un sofa.

La femme du fermier vit sur le plancher de la cuisine trois souris serrées l'une contre l'autre qui fixaient de leurs yeux saillants la chatte noire tapie devant elles. « Oh, pauvres petites mignonnes », murmura-t-elle.

Car Mme Budge faisait de son mieux pour protéger les souris de la Ferme du Verger. Bien qu'elle ait été incapable de sauver le premier époux de Mme Gray, elle cherchait toujours à découvrir les souricières que le fermier Budge disposait dans toute la ferme, et quand elle en trouvait une, elle la désamorçait !

En principe, elle n'avait aucun moyen d'empêcher les chats de tuer les souris, mais voilà qu'une occasion se présentait et, comme elle n'avait rien d'autre sous la main, elle se prépara à lancer la tranche de fromage à la tête de Bertha.

Au même instant, le fermier Budge rentra dans la pièce pour son repas de midi. Il tenait à la main son nerf de bœuf et il était suivi de son chien colley, Nip, qui détestait les chats plus encore que son maître. En un instant, ce fut le chaos.

Le fermier Budge cria : « des souris ! » et son nerf de bœuf s'abattit sur le trio, le manquant de peu.

Mme Budge cria : « Fiche le camp, chat ! » en lançant le fromage à la tête de Bertha qu'elle assomma.

Avec un grognement de colère, Nip chargea la chatte noire qui, à son tour, bondit sur la table de la cuisine et renversa le pichet de cidre posé là pour le déjeuner du fermier, avant de disparaître à toute allure.

Le cidre renversé se mit à goutter sur Thomas, Richard et Henri Gray, avant que ceux-ci n'aient eu le temps de filer à l'abri dans leur trou. Comme ils regagnaient en hâte l'entrée de la S1, ils purent entendre derrière eux le brouhaha de grosses voix en colère. Alors, tandis que M. et Mme Budge se querellaient, Nip dévora tranquillement le morceau de fromage.

– Pourquoi tout ce bruit en bas ? demanda Mme Gray au trio qui arrivait. Que s'est-il passé, les garçons ?

Elle les flaira du museau.

– Et qu'est-ce que c'est que cette odeur ? Savez-vous ce que c'est, monsieur Kevin ?

– Hélas, je ne le sais que trop, Mme Gray, dit Kevin. C'est l'odeur de boisson forte qui est dans l'air, ajouta-t-il tristement.

– Que voulez-vous dire ? demanda Mme Gray.

– Vos fils sont allés boire le cidre. J'aurais dû les avertir contre les méfaits de l'alcool, dit Kevin.

Il se tourna vers le trio.

– Vous, jeunes gens, êtes descendus au cellier, n'est-ce pas ?

– Non, Kevin, nous n'y sommes pas allés, dirent-ils en chœur.

Et ils racontèrent exactement ce qui s'était passé.

Kevin les écouta, muet d'étonnement. Il n'en revenait pas.

– Hurler à l'oreille d'un chat ? dit-il enfin. Je n'arrive pas à y croire. Généralement, les souris ne font pas ce genre de choses.

– Mais mon trio, oui, annonça fièrement Mme Gray.

Elle se tourna vers eux.

– Les garçons, nous devrons être plus prudents à l'avenir. Vous l'avez échappé belle, à ce qu'il me semble. La prochaine fois que vous vous approcherez du chat blanc, je viendrai avec vous pour faire le guet.

– D'accord, M'man, dirent-ils.

– Non, non, s'écria Kevin. Vous ne devez pas vous exposer ainsi au danger, madame Gray ! Permettez-moi d'y aller à votre place, je vous en prie.

La mère du trio regarda d'un air surpris la souris de Cave grosse et poilue qui venait de parler ainsi.

– Je croyais que vous aviez hâte de retourner chez vous, monsieur Kevin, dit-elle.

« Comme vous vous trompez, pensa Kevin. J'ai surtout hâte de rester ici, à vos côtés. Même si cela signifie se porter volontaire dans une guerre contre les chats. »

– Je voudrais vous aider, marmonna-t-il.

– Laisse-le faire, M'man, dit Richard.

Il commença à lécher son poil, encore tout humide du cidre renversé.

– Hum ! fit-il. Pas mauvais.

Ses frères l'imitèrent.

– Ça a bon goût, dit Henri en avalant sa salive.

Thomas à son tour se léchait les lèvres.

– Peut-être après tout, que nous pourrions raccompagner Kevin à la cave !

Et tous trois pouffèrent de rire.

– Non, dit Mme Gray d'un ton ferme. Je crois que nous devrions accepter l'offre de M. Kevin. Nous devons faire feu de tout bois dans la croisade que nous avons entreprise. Et n'oubliez pas qu'après avoir vaincu l'ennemi au poil blanc, nous devons encore vaincre celui au poil noir.

« Eh bien, mince alors ! pensa Kevin, dans quels draps, me suis-je fourré ! »

Il s'en rendit compte le soir même.

Aussitôt que le trio eut fini de lécher les gouttes de cidre restées dans leur pelage, Mme Gray envoya tout le monde au nid pour un repos mérité.

Thomas, Richard et Henri n'étaient pas fâchés de poser leur tête sur l'oreiller car, fait étrange pour eux, ils se sentaient plutôt somnolents ; quant à Kevin, il se serait tout simplement jeté par la fenêtre du grenier si Mme Gray le lui avait ordonné.

Une fois qu'il fut lui-même installé dans l'oreille gauche, et que le trio se fut endormi dans le siège de la bergère, Mme Gray se mit en route à la recherche du chat blanc. Elle ne prit pas la souris-route, mais descendit par des voies secondaires, traversa la région des souris Hautes et arriva enfin dans celle des Basses. Elle descendait lentement et prudemment en gardant bien sa droite, et elle n'adressa la parole à aucune souris inconnue. Il n'y avait d'ailleurs guère de circulation à cette heure, car on avait encore le temps avant l'heure de pointe.

Elle inspecta méthodiquement chacune des pièces du rez-de-chaussée, remarquant la pose d'un assez grand nombre de nouvelles souricières dissimulées dans plusieurs endroits de la maison jusqu'à ce qu'enfin, elle découvrit Wallace.

Il était encore sous le sofa du salon, allongé sur le ventre, la tête entre les pattes de devant, plongé dans le sommeil profond qui fait suite à un épuisement nerveux. Par un heureux hasard, Mme Gray vit qu'une des nouvelles souricières avait été plaçée sous le sofa, à moins d'un mètre de l'extrémité de sa queue blanche.

Elle reprit le chemin du retour à toute vitesse, empruntant la voie rapide de la S1.

Sans plus tarder, elle éveilla le trio et Kevin puis leur soumit les grandes lignes de son plan d'attaque.

– Nous devons nous hâter, dit-elle, avant qu'il ne se réveille. Et maintenant, avez-vous tous bien compris ce que vous avez à faire ?

– Bien sûr, M'man, dit en chœur le trio.

– Oui, madame Gray, admit Kevin.

« C'est une idée tout à fait folle, se disait-il tout en filant à toute allure le long de la souris-route. Je serai tué et dévoré en moins de deux, ça ne fait pas l'ombre d'un doute. »

Le plan de Mme Gray était en effet assez audacieux. Pourtant, tout en parlant de la nécessité d'être prudent, elle devait penser que le risque en valait la chandelle. Après tout, l'occasion était trop belle pour ne pas être tentée. Jamais plus on ne retrouverait un chat endormi (et de surcroît un chat plutôt sourd) si proche d'une souricière récemment posée.

La première chose à faire était de déplacer la souricière. Jamais une souris ne pourrait le faire seule, mais en s'y mettant à tous les cinq, ils parvinrent à la pousser gentiment du museau et la firent glisser centimètre par centimètre jusqu'à ce qu'elle se trouve exactement à côté de la queue blanche et flasque.

– Allons-y, c'est le moment, murmura Mme Gray, que chacun regagne son poste.

Ce disant, elle se glissa avec Thomas vers l'oreille droite de Wallace, tandis que Richard prenait sa place

près de la gauche. Kevin, qui tremblait comme une feuille, vint se placer juste derrière le rebord du sofa, à environ six pattes de souris du chat endormi.

Et ils attendirent.

Il fallut une à deux minutes pour que les sens de Wallace réagissent à la forte odeur de souris qu'il y avait dans l'air et, soudain, ses yeux verts s'ouvrirent tout grands. Une de ces créatures se tenait devant lui qui le regardait avec insolence – grosse, noire et poilue – quelle petite effrontée !

« Vous ne devez pas courir dès qu'il vous aura vu, M. Kevin, lui avait dit Mme Gray en lui donnant ses instructions, mais essayez de rester tranquille jusqu'à ce que cela le rende fou, autrement ça ne marchera pas. »

Aussi Kevin réussit-il à rester là assez longtemps pour

que la queue de Wallace commence à s'agiter et à battre l'air de tous côtés, comme fait la queue d'un chat quand il est en colère.

Alors tout arriva exactement comme Mme Gray l'avait espéré.

Avec un claquement soudain, la souricière se referma sur le bout de cette queue virevoltante, tandis que les Gray, tous ensemble, poussaient des cris aigus dans les deux oreilles de Wallace à la fois. Puis, comme Kevin faisait un écart de côté, le chat blanc bondit de sous le sofa en pousant un cri d'horreur, la souricière pendue au bout de sa queue rebondissant derrière lui.

De retour sous les combles, les harceleurs de chat, confortablement installés dans la vieille bergère à oreilles, savouraient leur victoire.

– Tu l'as vu courir ! dit Thomas.

– Tu l'as entendu hurler ! dit Richard.

– Quelle rigolade ! dit Henri. J'ai cru que j'allais m'étouffer !

« C'est bien ce qui a failli m'arriver », se dit Kevin, et il était content que cela n'ait pas eu lieu.

– Tout s'est merveilleusement bien passé, n'est-ce pas ? dit Mme Gray. Il aura mal à sa queue comme il a mal à sa tête. Mais nous n'aurions pu y arriver sans l'aide de notre ami ici présent.

Et elle se tourna vers la souris de Cave.

– Merci, monsieur Kevin, dit-elle. Vous avez tenu votre rôle, « souriment », si j'ose dire.

Le cœur de Kevin se souleva de plaisir.

– A propos, dit-il, mon nom exact est Kevin Lebougnat. Mais s'il vous plaît, madame Gray, pourriez-vous m'appeler Kevin tout court ?

– Oui, c'est ça, M'man, s'écria le trio. Appelle-le simplement Kevin comme nous faisons.

– Si vous voulez, dit Mme Gray, d'un air faussement détaché.

Elle se dirigea vers le trou situé au dos de la bergère à oreilles.

– Je crois que je vais me coucher, dit-elle. Bonne nuit, les garçons !

– Bonne nuit, M'man, répondit le trio.

– Et bonne nuit, euh... Kevin.

– Dormez bien, madame Gray, répondit Kevin comme elle disparaissait.

– Denise, dit Richard.

– Je vous demande pardon ? fit Kevin.

– C'est le prénom de M'man, dit Thomas.

– Oui, pourquoi ne pas cesser de l'appeler Mme Gray, et l'appeler simplement Denise ? dit Henri.

– Oh, fit Kevin. Croyez-vous vraiment que je devrais ?

Thomas regarda Richard qui à son tour regarda Henri qui à son tour regarda Thomas.

– Oui, dit le trio en chœur. Nous pensons tous trois que tu le devrais.

« Denise Gray, se dit Kevin. Quel joli nom ! Mais comme il serait encore plus joli si c'était Denise Lebougnat ! »

8

MME FOUINE FOURRE SON MUSEAU OÙ IL NE FAUT PAS

Jamais plus le chat blanc Wallace ne devait remettre la patte à l'intérieur de la Ferme du Verger.

La souricière ne resta pas longtemps attachée à sa queue, et le bleu qu'elle avait occasionné guérit rapidement, mais ses nerfs avaient été définitivement ébranlés par les cris stridents et mystérieux qui résonnaient continuellement dans sa tête.

Quelque temps, il vagabonda, aussi esseulé qu'un orphelin, sans savoir ce qu'il faisait ni regarder où il allait, jusqu'à ce qu'enfin il se trouve dans les faubourgs de la ville voisine. Alors sa bonne étoile revint.

Se sentant très affamé, il sauta d'un bond sur le rebord d'une fenêtre et se mit à miauler de façon pitoyable à l'intention des gens qu'il pouvait apercevoir à travers le carreau – en fait, deux vieilles dames qui adoraient les chats et qui avaient toujours rêvé, qui l'eût cru, d'en avoir un blanc aux yeux verts ! C'est ainsi qu'heureux à présent, étant bien nourri et sûr d'être choyé pour le restant de ses jours dans une maison totalement dépourvue de souris, Wallace disparut à jamais de l'histoire du terrible trio.

– Notre Wallace a disparu, dit Mme Budge à son mari, le lendemain à l'heure du déjeuner.

– Bon débarras, dit le fermier Budge.

Il sortit son œil de son orbite, le laissa choir dans le gobelet rempli d'eau et il lui sembla aussitôt que celui-ci le lorgnait de côté, depuis son habitacle vitreux.

– Enfin, soupira Mme Budge, il nous reste notre Bertha.

– Ah, les chats ! dit le fermier Budge.

– Que faire, tu n'aimes pas les souris.

– Ah, les souris ! s'écria le fermier, en cherchant à atteindre d'un coup de nerf de bœuf une souris imaginaire. Je les déteste ! Nous avons dans cette maison les souris les plus vicieuses qui aient jamais existé. Elles ont réussi à désamorcer sans se faire prendre presque toutes les souricières que j'ai plaçées. Je ne sais pas comment elles s'arrangent.

Mme Budge étouffa un sourire dans le dos de son mari.

– Et il y autre chose, dit le fermier Budge. Pas plus tard qu'hier, j'ai posé une souricière sous le canapé du salon et je ne la trouve plus. Elle a complètement disparu !

– Qu'est-ce qui a disparu, le canapé ? dit Mme Budge.

– Mais non, femme stupide, la souricière ! s'écria le fermier et il frappa à nouveau le sol avec son nerf de bœuf, manquant de peu le chien colley Nip qui laissa échapper un aboiement étouffé.

– Chien stupide ! dit le fermier Budge.

Là-dessus, il se bourra de pain et de fromage et se versa dans le gosier une bonne rasade de cidre tout en continuant à mastiquer bruyamment. « Oh Budge, Budge, se dit sa femme, quel homme haineux tu fais. Tu ne supportes rien, ni les chats, ni les souris, ni le chien, ni moi. La seule chose que tu aimes, c'est ton cidre et ton fromage. Ah, j'oubliais, il y a aussi ce vieil œil que tu aimes bien. Et c'était la vérité. L'œil du fermier Budge comptait beaucoup pour lui. Il y était pour ainsi dire attaché (excepté au moment des repas où il le mettait de côté). Il faisait aussi cela la nuit, mettant son œil à tremper dans un verre à dents au chevet du lit : jamais il ne se lavait les dents, mais la chose était différente pour son très cher œil, il ajoutait toujours une goutte de gin à l'eau du verre à dents.

« Ce devait être, se disait-il, un truc excellent pour le nettoyer », et une fois l'œil remis en place au matin, il avalait le mélange d'une seule lampée.

Une fois qu'il eut fini son pain et son fromage, il vida d'un trait son gobelet de boisson délicieuse, sortit de la cuisine en claudiquant et en laissant sur le plancher,

comme traces de son passage, d'énormes empreintes de bouse de vache.

Tandis que Mme Budge, à genoux sur le sol, les nettoyait, la chatte noire vint se frotter contre elle en ronronnant.

– Toi, au moins, tu vas regretter notre Wallace, n'est-ce pas ? dit Mme Budge.

Mais étrangement, la réponse qui lui parvint, ressemblait à quelque chose comme « Nee-oh ».

Déjà la nouvelle du départ de Wallace était parvenue jusqu'aux oreilles de Mme Gray. Une souris faucheuse l'avait aperçu qui s'en allait. Celle-ci avait averti une souris des champs à longue queue et toutes deux avait fait savoir la nouvelle à une souris de Cave fourragère. De là, une souris Basse l'avait entendue qui l'avait fait passer à une Haute qui à son tour, l'avait mentionnée à une Comble qui par chance n'était autre qu'une amie de Mme Gray.

Celle-ci ne fut pas longue à dénicher la mère du trio.

Depuis quelque temps déjà, le bruit courait que la veuve Gray avait chez elle un pensionnaire qui logeait dans une des oreilles de la vieille bergère et les souris Combles avaient eu tout loisir de commenter la nouvelle.

– Un pensionnaire ? disait l'une. Vous voulez dire, une autre souris... de compagnie ?

– Oh non, dit une autre. Non, non, pas une souris femelle mais un mâle.

– Oh, un ami Comble alors ?

– Oh non, ce n'est pas un Comble. Le croirez-vous, c'est une souris de Cave !

– C'est impossible !

– Mais si. Il est même gros. Et noir de peau. Et tout velu.

– C'est un vrai de vrai, hein ?

– Elles sont comme ça, ces souris de Cave, rustres et frustes à ce qu'on m'a dit.

– Et quant à la boisson, être sobre n'est pas son fort !

– Et pensez ! Le regretté M. Gray, lui qui était toujours si raffiné ! Il doit se retourner dans sa tombe, s'il en a une.

– Ils ne sont peut-être que bons amis ?

– Allons donc !

Bien entendu, toutes ces pies bavardes étaient désireuses d'en savoir plus.

« Quelle meilleure excuse pour lui faire une visite, se dit l'amie de Mme Gray, que de lui apporter la nouvelle à propos du chat blanc. »

Elle se hâta en direction de la bergère à oreilles et, quand elle arriva, elle trouva Mme Gray qui se reposait hors de son nid, seule.

– Hello, ma chère ! dit l'amie souris. Il y a longtemps que l'on ne s'est vues.

– Je crains que nous n'ayons été très occupées, dit Mme Gray.

« Hum ! » se dit l'amie-souris.

– Tes garçons sont dehors, n'est-ce pas ? demanda-t-elle.

– Oui, ils sont allés jouer avec quelques Hautes.

– Tu es donc seule ? dit l'amie souris.

Juste à ce moment, la tête de Kevin émergea de l'oreille gauche.

« Chambres à part en tous cas », se dit l'amie souris.

– Présente-moi, ma chère, dit-elle.

– Oh, pardon, dit Mme Gray. Kevin, voici une vieille amie, Mme Fouine. Je te présente Kevin Lebougnat.

– Lebougnat ? dit l'amie souris. Je ne crois pas connaître de Comble qui s'appelle ainsi.

– Tu ne peux pas en connaître, dit Mme Gray.

– Vous êtes de la Haute, certainement, M. Lebougnat ? demanda l'amie souris.

– Non, dit Kevin.

– Une Basse alors ?

– Non, dit Kevin.

Il décida subitement que l'amie souris lui importait peu.

– Je suis une souris de Cave, de naissance et d'éducation, ajouta-t-il. Vous y voyez une objection ?

Mme Fouine sentit malgré elle un léger frisson en entendant qu'on s'adressait à elle de la sorte. « Comme il a l'air viril », pensa-t-elle.

– Oh non, se hâta-t-elle de répondre, il n'y a pas de mal, bien sûr !

– Tu voulais quelque chose ? demanda Mme Gray.

– Que veux-tu dire, ma chère ? dit l'amie souris. Oh oui, miséricorde ! j'allais oublier. Je suis venue pour te dire la nouvelle. Le chat blanc est parti.

– Elle n'a pas semblé surprise le moins du monde, dit-elle plus tard en racontant sa visite aux autres souris Combles. C'était presque comme si elle s'y attendait.

– Tu rencontré le pensionnaire ? demandèrent-elles toutes ensemble.

– Oh oui, dit Mme Fouine, l'air dédaigneux. Je ne vois vraiment pas ce qu'elle lui trouve. Ce n'est pas du tout mon genre. Enfin, vous connaissez le proverbe : « le poison d'une souris fait les délices d'une autre ».

– J'ai peur d'avoir été un peu brusque avec votre amie, dit Kevin quand Mme Fouine fut partie.

– Cela ne lui fera pas de mal, dit Mme Gray. Elle aime trop fourrer son museau dans ce qui ne la regarde pas.

Elle s'assit pour lisser ses moustaches et Kevin ne put s'empêcher de penser combien elle était ravissante.

– Pourriez-vous aller chercher les garçons ? dit-elle. Je crois que nous devrions avoir une conversation tous ensemble. Cela ne vous ennuie pas ?

Kevin se retint de répondre : « Pas du tout, Mme Gray ». « C'est maintenant ou jamais », pensa-t-il.

– Pas du tout, Denise, dit-il.

Mme Gray arrêta son geste et le fixa du regard une seconde. Puis elle dit :

– Merci, Kevin.

Et elle recommença à lisser soigneusement ses moustaches.

Dès que Kevin leur eut transmis le message de leur mère, le trio regagna son nid en joyeuses culbutes. Les trois souriceaux étaient en pleine euphorie.

– Et UN chat de parti ! s'écria Thomas.

– Et UN AUTRE à faire partir ! dit Richard.

– Et alors, il n'y aura plus UN CHAT à la maison ! dit Henri.

– Mais il y en a encore quatre dans la cour de la ferme, dit Mme Gray.

– Oui, dit Henri, mais nous n'y allons jamais.

– Et ils ne viennent jamais ici, dit Richard.

– En outre, ils n'attrapent jamais que des souris de Cave, dit Thomas.

– Mille merci ! fit Kevin.

– Oh, désolé, Kev, dit le trio. Nous ne te considérons pas comme une souris de Cave. Tu es notre ami. Tu fais partie de la famille.

« J'aimerais bien que ce soit vrai, les garçons, pensa Kevin. J'aimerais bien devenir votre beau-père. »

– Un peu de calme, vous trois, dit Mme Gray. Nous avons gagné une bataille, mais nous n'avons pas pour autant gagné la guerre. Cette chatte noire est de loin plus dangereuse que le chat blanc ne l'a jamais été. Nous ne pourrons pas aller lui crier dans l'oreille quand bon nous chantera. Nous devons établir un plan plus sérieux en ce qui la concerne.

– Nous la ferons payer ! dit Thomas.

– Pour ce qu'elle nous a fait ! dit Henri.

– Pourquoi. Que vous a-t-elle fait ? demanda Kevin.

– Elle a mangé notre papa, dit Richard.

« Oh, mince alors, se dit Kevin. Et moi qui rêvais de devenir leur beau-père. Me voilà vraiment dans de beaux draps ! »

9

Opération chat dehors

– Vous avez l'air inquiet, Kevin, dit Mme Gray.

– Moi ? dit Kevin. Oh non. Je réfléchissais, simplement.

– Tu as un plan, Kev ? demanda le rio.

Il n'en avait pas, bien sûr. Il n'avait qu'une seule chose en tête et c'était cette horrible chatte noire. Il pouvait se rappeler avec précision ses dents luisantes, son haleine chaude et les terribles sensations d'impuissance et de désespoir qui l'avaient envahi tandis qu'il gisait, exsangue, entre ses mâchoires.

Comment cette famille Gray pouvait-elle envisager de venir à bout à elle seule d'un si terrible ennemi ? C'était pure folie. Ils ne pouvaient ni tuer cette chatte, ni même la chasser de la maison comme ils avaient chassé le chat blanc.

Qui pourrait y arriver ? Le chien ? Non, la chatte était trop rapide pour lui. La femme du fermier ? Non plus. Elle semblait aimer tous les animaux également. Le fermier, alors ? Il ne paraissait aimer rien ni personne, à part son fromage et son cidre. Si seulement on arrivait à le persuader de détester la chatte noire encore davantage…

– Le fermier, dit-il soudain à haute voix.

– Eh bien quoi ? dit en chœur le trio.

– Si nous pouvions au moins le mettre de notre côté, dit Kevin.

– Comme s'il y avait la moindre chance ! s'esclaffa le trio.

– Kevin, dit Mme Gray, vous savez certainement combien cet homme déteste les souris. Pensez à toutes les souricières qu'il a placées dans la maison.

– Ce que je veux dire, reprit Kevin, c'est que si nous arrivions à faire en sorte que la chatte noire devienne particulièrement mal vue du fermier, celui-ci pourrait la chasser à coups de pied hors de la maison et ne plus la laisser revenir.

– D'accord, mais comment y parvenir ? demanda le trio.

– Eh bien, dit Kevin, vous rappelez-vous ce que vous m'avez raconté, comment le chien a chassé la chatte, comment la chatte a renversé le pichet de cidre et comment le cidre a giclé sur vous, les garçons ?

– Et comment ! dit Thomas.

– Cette goutte merveilleuse de boisson délicieuse ! dit Richard.

– Boisson délicieuse-miam-miam ! dit Henri.

– Alors, vous avez ajouté que le fermier était furieux de voir son cidre renversé. Eh bien, supposons que le chat fasse cela une seconde fois. Ne serait-il pas encore plus furieux contre lui ?

– Mais nous ne pouvons pas faire sauter la chatte sur la table, dit Mme Gray.

– Oh que si, nous le pouvons, dit Kevin. A condition qu'il y ait une souris sur la table ! Imaginez simplement : le fermier arrive pour son déjeuner. Le pichet plein de cidre se trouve sur la table. Une souris passe sous le nez de la chatte en courant, escalade le pied de la table et va se cacher derrière le pichet. La chatte saute à son tour sur la table, la souris l'évite, la chatte bondit et le pichet tombe et se renverse. Eh bien ! le fermier deviendrait fou de colère si cela arrivait à nouveau. Sûrement, il voudrait tuer cette chatte !

– Oui, dit Mme Gray, mais cette chatte pourrait aussi tuer la souris. Il faudrait une souris vraiment très courageuse pour accepter de servir d'appât au chat.

« Sans doute, pensa Kevin, mais par bonheur, Denise, vous avez trois garçons très courageux. »

– Sans doute, répondit-il.

Et il se tourna vers le trio.

– Lequel d'entre vous, les garçons, va se porter volontaire ?

Thomas regarda Richard qui à son tour regarda Henri et Henri à son tour regarda Thomas.

Puis, d'une seule voix, ils s'écrièrent : « L'union fait la force ! »

– Vous voulez dire que vous êtes tous volontaires ? dit Kevin.

– Nous voulons dire, dit le trio, qu'aucun de nous trois ne l'est.

– C'est ton fichu plan ! dit Henri.

– Si quelqu'un doit passer devant la chatte et grimper sur la table… continua Richard.

– … C'est toi, Kev et personne d'autre, termina Thomas.

Et là-dessus, ils s'en furent à toute allure, en couinant comme des petits fous.

– Vilains garçons ! dit Mme Gray. Mais vous ne pourriez pas prendre un tel risque, n'est-ce pas, Kevin ?

Kevin avala sa salive.

– Mais certainement, Denise, dit-il d'une voix pâteuse, je le pourrais.

Comme il n'était pas dans la nature de Mme Gray de faire les choses à moitié, elle se mit immédiatement à établir un plan qu'elle appela d'un nom codé, « Opération Chat dehors ». La première chose à faire, décida-t-elle, était d'entraîner Kevin à être en forme pour le combat.

– Souplesse et rapidité, lui dit-elle, c'est là ce dont vous allez avoir besoin et franchement, vous êtes d'un poids nettement trop élevé pour le moment.

Elle l'abandonna aux soins du trio.

– Vous, les garçons, vous vous y connaissez tout à fait en matière d'entraînement. Alors, faites ce qu'il faut pour Kevin. Commencez par lui faire faire un petit jogging le matin, et augmentez progressivement sa vitesse jusqu'à la course rapide. Et cela à la verticale comme à l'horizontale – sur le mur autant que sur le plancher – rappelez-vous qu'il doit être capable de grimper ce pied de table à la vitesse de l'éclair.

– Ne t'en fais pas, M'man ! dit Richard.

– On s'occupe de lui. Il sera bientôt la souris la plus musclée qui ait jamais existé ! dit Thomas.

– Prêt à courir pour sauver sa peau, dit Henri.

« C'est tout à fait ce qui m'attend », pensa Kevin.

Comme les jours passaient, il commença à regretter amèrement d'avoir eu l'idée d'un tel plan, puis d'avoir accepté de servir d'appât. Car, quoi qu'il se passe par la suite, cela ne pouvait être pire que ce qu'il endurait sous la conduite du trio. Ils lui firent faire des pompes, d'abord quelques-unes, mais bientôt ils l'obligèrent à en faire vingt, trente, cinquante, jusqu'à ce qu'il sentît une violente douleur dans les pattes et que l'effort de soulever son gros corps du plancher devînt une véritable torture.

– Oh non, arrêtez, les garçons, par pitié ! s'écriait-il en haletant.

Mais en vain.

– Supporte, Kev, supporte ! disaient-ils en chœur.

Après tout ça, quand il était déjà complètement à plat, il devait courir, d'abord lentement puis de plus en plus vite, sauter, grimper, jusqu'à ce qu'enfin Thomas, Richard ou Henri disent « OK, Kev, ça suffit pour aujourd'hui. Fais une pause. »

Mais l'entraînement porta ses fruits.

Le nouveau Kevin était non seulement plus mince, mais aussi plus rapide et plus souple que l'ancien et Mme Gray, qui suivait l'entraînement avec intérêt, décida de passer à l'étape suivante de l'Opération Chat dehors. Ceci sous forme de répétition générale.

Celle-ci aurait lieu la nuit, bien entendu (et à un moment où Bertha serait absente de la cuisine) ce qui signifiait que non seulement il n'y aurait pas de chat pour chasser Kevin, mais également pas de pichet de cidre à renverser. L'important, c'était de voir avec quelle rapidité Kevin pouvait s'élancer à travers le plancher de la cuisine et grimper au pied de la table à la force des pattes, esquiver les deux gobelets, l'un rempli de boisson délicieuse, l'autre contenant l'eau et l'œil de verre, pour se cacher enfin derrière le pichet.

Les Gray se répartirent les différents rôles : Mme Gray fit semblant d'être Bertha, Thomas et Richard étaient les deux gobelets, et Henri le pichet.

Encore et encore, Kevin dut sortir du trou (le même trou de souris que le trio avait déjà utilisé) et passer à toute allure sous le nez de Mme Gray, se lancer à l'assaut du pied de la table, puis passer en trombe entre Thomas et Richard pour se cacher derrière Henri.

Jusqu'à ce qu'enfin Mme Gray se déclare satisfaite.

– C'est bien, tout le monde, dit-elle. Les garçons, vous avez fait un travail formidable en entraînant Kevin. Il est maintenant au meilleur de sa forme. Je suis fière de vous.

« Et moi ? pensa Kevin. Est-ce que je n'ai pas droit aux compliments ? » Alors, comme si elle avait lu dans ses pensées, Mme Gray ajouta : « Et demain, Kevin, je suis sûre que je serai fière de vous. »

Kevin sursauta.

– Demain, Denise ? demanda-t-il. Vous voulez dire…

– Oui, dit Mme Gray. Le jour J pour l'opération Chat dehors.

A l'heure du déjeuner, le lendemain, on se prépara.

Kevin attendait dans son trou de souris, les Gray postés en sentinelle dans différents autres trous autour de la cuisine, la chatte étendue devant la cuisinière, le fermier assis dans son fauteuil. Mme Budge posa devant lui le pain et le fromage, les deux gobelets et le pichet de cidre.

En dernier lieu, le fermier Budge sortit son œil droit de son orbite et le laissa tomber dans le gobelet rempli d'eau. Puis il prit l'autre gobelet et le pichet et commença à verser le cidre de l'un dans l'autre.

Au même instant, Kevin surgit de son trou, passa en trombe devant le nez de la chatte, grimpa le pied de la table, tout cela en un clin d'œil, pour découvrir qu'il ne restait nul endroit où se cacher sinon derrière le gobelet rempli d'eau. Désespéré, il tenta de se dissimuler de son mieux derrière lui, et s'accroupit tant bien que mal, tandis que l'œil de verre le fixait d'un regard horrible depuis son habitacle vitreux.

Quelques secondes plus tard, Bertha d'un bond sautait sur la table et, fouettant l'air de sa queue, se précipitait sur le tremblant Kevin en renversant d'un coup de patte le gobelet rempli d'eau.

Devant les quatre Gray qui le regardaient depuis leurs places privilégiées – dans l'enceinte de la cuisine transformée en ring de boxe pour l'occasion – Kevin s'élança d'une envolée magistrale d'un côté de la table, tandis que la chatte bondissait de l'autre et que le pichet de cidre tombait sur le plancher et se brisait en mille morceaux.

Échappant aux regards de tous, l'œil de verre alla rouler sous la table pour se nicher dans le trou d'un nœud du plancher. Il se logea dedans et disparut.

10

NOSEBALL

– Maudit soit ce satané chat ! s'écria le fermier Budge. Où es-t-il parti ?

– Il est parti par la chatière, dit sa femme.

– Mais non, femme stupide ! Je parle de mon œil ! Où mon œil est-il parti ?

– Prends ton déjeuner, dit Mme Budge. Je vais te le trouver.

Mais elle eut beau se mettre à quatre pattes et balayer les restes du gobelet avec la pelle et la brosse, elle ne trouva pas trace de l'œil de verre.

« Budge va se mettre en colère », pensa-t-elle.

– Impossible de le trouver, dit-elle. Il a disparu.

– Aaaaaaah ! ! vociféra le fermier.

« Budge est devenu fou », pensa-t-elle.

– Cette chatte, cria-t-il, c'est elle qui a dû le prendre ! Elle m'a pris mon œil ! Je vais la tuer, tuvas voir si ce n'est pas vrai !

Et, ce disant, il saisit son fusil suspendu dans un coin et sortit de la pièce, tête baissée, en claudiquant.

Quelques minutes plus tard, Mme Budge entendit retentir un grand BOUM.

– Voilà la fin de notre Bertha, dit-elle tristement.

Mais il n'en était rien car du fait qu'il n'avait plus qu'un œil, le fermier Budge était un tireur lamentable. Pourtant, ce devait être la fin de l'époque de Bertha à la ferme, tout juste comme l'avaient espéré Kevin et les trois Gray.

D'abord, le fermier cloua une planche pour obturer la chatière.

Puis, il dit à sa femme qu'elle ne devait plus jamais permettre à la chatte noire de remettre la patte dans la maison.

Enfin, il fit de son mieux pour s'assurer lui-même qu'elle n'oserait plus reparaître.

Le fusil à la main, un bandeau noir masquant son orbite vide, il donnait la chasse tout autour de la ferme, tirant à vue sur tout ce qui pouvait ressembler à Bertha (ce qui incluait les quatre chats tigrés de la cour de ferme, quand il faisait sombre). Il ne toucha pas un seul chat, mais il effraya tout ce qui vivait alentour, sans parler des cinq chats qui tous s'enfuirent dans les bois pour retourner à la vie sauvage et qu'on ne revit plus jamais à la Ferme du Verger.

Une fois débarrassé des chats, le fermier Budge redoubla ses attaques contre les souris. Il acheta d'autres souricières et les plaça dans toute la ferme. Il acheta aussi d'innombrables sachets de poison et posa partout des soucoupes pleines du dangereux produit, de la cave au grenier.

Quant à Mme Budge, elle fit de son mieux pour protéger les souris. Quand elle était sûre que son mari ne pouvait la voir (la traite était le meilleur moment), elle désamorçait toutes les souricières qu'elle trouvait et jetait au feu les pilules empoisonnées. Pourtant, malgré ses efforts, un grand nombre de Combles, de Hautes, de Basses et de souris de Cave passèrent de vie à trépas.

« Pauvres petites mignonnes, disait-elle, ah ! si seulement Budge pouvait sourire aux souris ! »

Pendant ce temps, l'œil de verre gisait, tout poussiéreux, sous les lames du plancher de la cuisine, jusqu'à ce qu'un jour, par hasard, le trio le découvrît.

Les trois souriceaux étaient descendus du grenier dans l'intention de se ravitailler sous le plancher de la cuisine. Là en effet, à l'endroit où le fermier, peu précautionneux, prenait ses repas, ils trouvaient souvent des miettes de pain ou même des morceaux de croûte de fromage qui étaient tombés dans les interstices, entre les lames du parquet. Et c'est là que, soudain, ils découvrirent l'œil de verre.

Ils ne le reconnurent pas tout de suite, mais commençèrent à se servir de cet objet rond en verre comme d'un ballon. Ils le faisaient rouler en le poussant de leur museau et s'en amusaient ensemble.

Mais aussitôt que la poussière accumulée qui le cachait disparut, ils le reconnurent et montèrent immédiatement par la S1 pour aller annoncer la nouvelle à leur mère.

Comme ils s'approchaient de la vieille bergère à

oreilles, les triplés remarquèrent que leur mère et Kevin semblaient particulièrement proches l'un de l'autre, sur le coussin du siège, et Thomas poussa du coude Richard qui à son tour poussa du coude Henri qui à son tour fit un signe à Thomas.

– Que se passe-t-il, les garçons ? dit Mme Gray. Vous avez l'air tout excités.

– Nous croyons avoir trouvé l'œil du fermier, dirent-ils. Venez voir.

Tous ensemble, ils descendirent la souris-route d'une course folâtre et Kevin qui était le seul à l'avoir vu de près, confirma qu'il s'agissait en effet de l'œil de verre.

– Viens avec nous, Kev, dit Thomas. Nous venons juste d'inventer un nouveau jeu, le Noseball.

Et pendant un moment, lui et Kevin jouèrent en équipe contre Richard et Henri, en dribblant l'œil de leurs museaux, tandis que Mme Gray s'était assise et les regardait, l'air pensif.

Elle se rappelait qu'avant l'opération Chat dehors, Kevin avait dit en parlant du fermier : « Si nous pouvions le mettre de notre côté. »

Il leur serait certainement reconnaissant s'ils pouvaient lui rendre son œil de verre. Oui, mais comment ?

Les laissant à leur jeu, elle reprit lentement le che-

min du grenier, remontant par une des routes secondaires pour réfléchir à ce nouveau plan.

A peine était-elle partie que l'œil de verre disparut à nouveau.

Kevin venait de faire une descente superbe sur l'aile droite, en dribblant le ballon (l'œil) d'une forte poussée du museau et il avait écarté les placages de Richard, puis d'Henri.

« Shoot, Kev ! » couina Thomas et, d'une pichenette, Kevin envoya le ballon qui traversa l'espace en sifflant pour venir se loger dans un trou du plancher et disparaître à leurs yeux.

– Oh, Kev ! s'écria le trio. Tu as à nouveau fait disparaître notre ballon !

Ils jetèrent un œil dans le trou.

– Où cela mène-t-il ? demanda le trio.

– A la cave, dit Kevin.

– Nous ne pourrons jamais le récupérer, dit Henri.

– Eh bien, nous pouvons toujours descendre et continuer à jouer en bas, dit Richard.

– C'est ça, descendons à sa recherche, dit Thomas.

– Mieux vaut y renoncer, dit Kevin.

– Pourquoi ?

– Eh bien, les souris de Cave pourraient ne pas apprécier votre arrivée en bas.

– Tu veux dire, parce que nous sommes des Combles ?

– Oui, c'est bien ça.

Mais le trio n'avait nullement l'intention de perdre son nouveau ballon ou de renoncer aux plaisirs récemment découverts du Noseball.

– Nous descendons quand même, dirent-ils en chœur.

Ce qu'ils firent.

Et Kevin les suivit à contrecœur.

Quand ils émergèrent à l'autre bout du conduit souterrain, ce fut pour voir l'œil de verre sur le sol, en plein milieu de la cave, entouré de plusieurs souris qui se demandaient de quoi il s'agissait. A l'arrivée des quatre nouveaux venus, elles reconnurent immédiatement l'un d'entre eux.

– Ça alors ! n'est-ce pas Kevin Lebougnat ? dit une voix.

– Je te croyais disparu, dit une autre.

– J'ai entendu dire que la chatte t'avait attrapé.

– Où étais-tu donc passé ?

– Viens donc boire un coup, Kevin, vieux pote.

Une forte odeur de cidre flottait dans l'air et l'espace d'une seconde Kevin fut tenté. « Mais Denise n'approuverait pas, se dit-il, et de toutes façons, je ne veux pas montrer le mauvais exemple à ses garçons. »

– Non, merci, dit-il.

– Pouvons-nous récupérer notre ballon, s'il vous plaît ? demanda le trio.

– Votre ballon ? dit la souris de Cave qui paraissait la plus grosse et la plus forte du lot.

– Oui, dit Thomas. Notre ballon.

– Et assez rapidement, s'il vous plaît, dit Richard.

– Ou vous le regretterez, dit Henri.

La grosse souris de Cave s'avança vers eux d'un air fanfaron.

– Mais qui êtes-vous donc, dit-il. De jeunes Basses effrontées, je suppose ?

– Non, dit le trio.

– Des Hautes alors ?

– Non, dit encore le trio.

– Ne me dites pas que vous êtes des Combles ?

– Si, dit le trio.

– Eh bien, eh bien, dit la grosse souris de Cave. Vous m'en direz tant ! En voici de drôles de Combles qui viennent faire un tour dans les quartiers pauvres. Sachez que nous n'avons nul besoin de jeunes souriceaux à la mine affectée ici ! Aussi je vous conseille de débarrasser le plancher avant que je ne vous donne une leçon...

Mais avant qu'il n'ait dit un mot de plus, le terrible trio s'était jeté sur lui, à la façon pure et dure qui lui était coutumière, et selon sa formation de combat favorite : Thomas agrippait son oreille gauche, Henri la droite, et Richard se tenait à la base de la queue.

– Désolé, dit Kevin, j'aurais dû vous prévenir.

Tandis que la grosse souris de Cave poussait des cris aigus en demandant grâce et que, tel un gladiateur vaincu, elle se traînait hors du champ de bataille, les autres souris reculèrent avec respect et regardèrent, fascinées, Kevin et le trio commencer une nouvelle partie de Noseball.

L'espace qu'ils avaient utilisé, sous les lames du plancher de la cuisine, n'avait rien d'une véritable aire de jeu, alors qu'ici, le sol plat de la cave, recouvert d'une couche de béton, faisait un terrain de jeu idéal et, pour couronner le tout, à chaque extrémité se trouvaient deux barils de cidre qui délimitaient exactement les deux buts adverses.

– Nous avons vraiment besoin d'un gardien de but, dit Kevin, tout essoufflé, au bout de quelques minutes, et aussitôt deux jeunes souris de Cave se portèrent volontaires.

Bientôt d'autre souris voulurent entrer dans le jeu et, en moins d'un clin d'œil, deux équipes de cinq joueurs s'étaient formées, que suivait avec passion un public grossi de minute en minute par toutes les souris de la ferme. La nouvelle du jeu de Noseball s'était en effet rapidement répandue aux différents paliers et la foule acclamait chaleureusement les joueurs, tandis que l'œil de verre roulait, montait et descendait sur le sol de la cave.

Une fois la partie terminée (l'équipe de Kevin et Thomas venait de battre celle de Richard et d'Henri par 4-3), une multitude d'autres souris voulurent jouer. Connaissant la réputation du trio, elles demandèrent poliment la permission d'emprunter leur ballon et un véritable tournoi de Noseball se mit en place. Kevin l'organisa, tandis que Richard en était l'arbitre et Henri et Thomas, les juges de touche.

D'abord, l'équipe des Hautes battit l'équipe des Basses ; puis les Combles jouèrent contre les souris de Cave et perdirent.

La finale qui opposa les Hautes aux souris de Cave fit d'abord match nul et se termina par un penalty qui, grâce à un superbe arrêt du ballon de leur gardien de but – une jeune souris athlétique – donna la victoire finale aux Hautes qui furent déclarées championnes du tournoi.

Tout le monde fut d'accord pour dire que le Noseball était un jeu formidable, même Mme Gray qui était descendue par la S1 pour regarder la finale.

– Les garçons, dit-elle au trio – quand tous furent partis à l'exception des souris de Cave – nous ne devons pas perdre cet œil de vue.

– Mais, M'man, dit le trio, nous ne pouvons tout de même pas le pousser en remontant la souris-route !

– Bien sûr que non, gros bêtas. Mais il faut le surveiller avec précaution.

Elle se tourna vers Kevin.

– Je suppose que vous avez de la famille ici ? lui dit-elle.

– Oh, oui, dit Kevin. En fait, voilà justement Tante Ada.

– Bon, eh bien, c'est vous, Kevin, qui serez responsable de la bonne garde de cet œil. Veillez à ce qu'il ne lui arrive rien de fâcheux.

Et là-dessus, Mme Gray reprit le chemin des Combles.

– Oui, Denise, dit Kevin.

– Mazette ! dit Tante Ada. Si j'avais pu imaginer que tu sois dans les meilleurs termes avec une dame aussi chic ! Tu la connais depuis longtemps, n'est-ce pas ?

Kevin lui lança un regard troublé.

– Depuis quelque temps, Tantine, dit-il.

– Eh bien, eh bien, eh bien ! fit Tante Ada d'un air entendu.

Tous les yeux se fixèrent sur Kevin.

Tante Ada le regardait.

Les autres souris de Cave le regardaient.

Le trio le regardait.

Et d'un air sinistre, abandonné sur le sol de la cave, l'œil de verre du fermier Budge le regardait.

Tante Ada rompit enfin le silence.

– Eh bien, Kevin Lebougnat, dit-elle, j'ai le sentiment que tu projettes de te marier au-dessus de ta condition.

11

PAUVRES PETITES MIGNONNES !

– C'est incroyable de voir où l'on en arrive de nos jours, dit Tante Ada comme Kevin son neveu, embarrassé, avait disparu par le conduit souterrain. Une souris de Cave qui fait la cour à une souris des Combles ! Ah, c'était différent de mon temps.

– Il n'y a pas de mal à ça ! dit Richard.

– Qu'importe d'où l'on vienne, dit Henri.

– Nous sommes tous des souris, n'est-ce pas ? dit Thomas.

– Vous, jeunes dandys, ne pouvez pas comprendre, reprit Tante Ada. Chaque souris devrait connaître sa place dans la société. Notre Kevin devrait se chercher une femme ici, là où il est né.

Le trio jeta un coup d'œil dans la cave alentour, où à cette heure la plupart des habitants se trouvaient rassemblés et il remarqua un assez grand nombre de jeunes souris particulièrement jolies.

– Il le devrait certainement ! dirent en chœur les trois souriceaux.

Et les jeunes souris de couiner timidement.

– Quoi qu'il en soit, dit Thomas, il nous faut à la fois vous aimer et vous quitter.

A la suite de quoi, il y eut d'autres couinements, plus prononcés.

– Et s'il vous plaît, dit Richard, pouvez-vous surveiller notre ballon en notre absence ?

– Oui, dit Henri. Vous en prendrez grand soin, n'est-ce pas ?

– Ne vous inquiétez pas, jeunes souriceaux, dit Tante Ada. Les amis de Kevin sont nos amis à tous. Celui qui portera la patte sur votre bien, aura affaire à Ada Lebougnat.

Pendant ce temps, Kevin remontait la S1 à toute allure.

Les bavardages, il le savait, allaient bon train à la Ferme du Verger et il suffirait de quelques minutes pour que chacun sache qu'il ne logeait pas chez la veuve Gray en qualité de simple locataire, mais qu'il avait en vue de devenir son nouvel époux.

Il lui était facile d'imaginer l'amie de Denise, Mme Fouine, en train de répandre la bonne nouvelle…

– Un petit oiseau m'a dit à l'oreille, ma chère, que Kevin est sur le point de faire sa déclaration ! Non, non, à aucun prix il ne devait permettre un tel déshonneur. Il devait arriver le premier et faire sa demande à Denise Gray sur-le-champ, sans perdre une minute !

Arrivant au bout de la souris-route, il déboucha dans le grenier à toute vitesse.

Mais tandis que Tante Ada était occupée, en bas de

la maison, à railler son neveu Kevin sur ses intentions, le fermier était au grenier où il posait de nouvelles souricières.

Aussi, lorsque Kevin traversa en trombe le plancher des combles en direction de la vieille bergère à oreilles, il entendit la voix de Mme Gray qui l'avertissait.

– Faites attention, Kevin ! Il y a une nouvelle...

Et avant même qu'elle ne prononce le mot « souricière », il la vit sur son chemin, mais trop tard ! Incapable de s'arrêter à temps, il fit un bond en l'air en essayant de franchir l'obstacle.

Comme il avait été proche du but ! mais hélas, comme sa chute fut brutale et douloureuse ! Car en retombant sur le sol, une de ses pattes de derrière toucha le panneau de la souricière, et le bras de métal se referma aussitôt sur sa queue avec un horrible clac !

C'est une scène inattendue qui s'offrit aux yeux étonnés des trois souriceaux, lorsque ceux-ci émergèrent à leur tour de la souris-route.

Au milieu du plancher se trouvait une foule de Combles qui tous se poussaient et se pressaient les uns contre les autres pour apercevoir la scène, comme le font les gens lorsqu'il y a eu un accident ; et, au milieu de la foule, ils virent, est-ce possible ? leur cher Kevin, la queue prise assurément dans une souricière, tandis que leur propre mère se tenait près de lui, désespérée.

« Oh, Kevin, Kevin ! » disait-elle en se lamentant.

Et, dès qu'elle les vit :

– Oh, les garçons ! Que pouvons-nous faire ?

– Ne t'en fais pas, M'man, dirent-ils, tout va s'arranger.

Pourtant, ils étaient eux aussi troublés de voir leur mère, toujours si efficace, se montrer pour une fois désorientée.

– Non, tout ne va pas s'arranger, dit alors Kevin. J'ai un mal du diable. Et ça ne sert à rien de me dire de me dégager, j'ai déjà essayé et la souricière ne veut pas me lâcher. Me voilà bien attrapé.

Et c'était la vérité. Le trio le constata. Sa queue était prise d'au moins un centimètre dans le piège.

– Il n'y a qu'une seule chose à faire, dit Henri.

– J'en ai bien peur, dit Thomas.

– L'unique question est de savoir, dit Richard, lequel d'entre nous trois va devoir le faire ?

– Faire quoi ? dit Mme Gray.

– Libérer Kev en lui mordant la queue, dit le trio.

Un frisson d'horreur parcourut l'assemblée des souris, tandis que Thomas regardait Richard, qui à son tour regarda Henri, et qu'Henri regardait Thomas et que Mme Gray avait l'air horrifiée.

Kevin serra les dents.

– Eh bien, dit-il, allez-y. Que l'un d'entre vous le fasse, et vite, avant que le fermier ne revienne.

Il n'avait pas plus tôt dit ces mots que tous entendirent un bruit de pas qui montaient l'escalier du grenier.

En un éclair, toutes les souris disparurent, à l'exception du malheureux prisonnier.

Comme la porte s'entrouvrait et que Kevin s'aban-

donnait en attendant la fin, un dernier regret envahit son esprit.

« Je ne lui ai jamais demandé de l'épouser, pensa-t-il, et maintenant, il est trop tard. Je ne le ferai jamais plus. » Et il ferma les yeux.

– Pauvre petite mignonne ! dit une voix. N'aie pas peur, à présent, je vais vite te libérer.

Quelle fête il y eut ce soir-là sous les combles !

Bien sûr, Kevin avait la queue cassée – le dernier centimètre devait finir par tomber (« il a l'air si distingué, à présent », dit Mme Gray quand cela arriva), mais il était sain et sauf et surtout, il était libre !

Et quelles agapes il y eut, car Mme Budge était revenue plus tard au grenier avec quelques gâteaux secs qu'elle avait émiettés sur le sol, pour que les souris lui pardonnent le mal qu'avait causé l'horrible piège de son mari.

Kevin et les quatre Gray étaient maintenant confortablement installés dans le siège de la vieille bergère, comblés à la fois de bonheur et gavés de gâteaux.

– Dieu merci, dit Mme Gray, l'un d'entre vous n'a pas été obligé de mordre la queue de Kevin.

Elle frémit à ce souvenir.

– C'est égal ! C'est égal ! dit Kevin. Mais dites-moi, les garçons, comment auriez-vous fait pour décider lequel d'entre vous…

– Am-stram-gram, pic et pic et colegram… chantonna le trio en chœur.

– Ce que je ne comprends pas encore, Kevin, dit Mme Gray, c'est pourquoi vous traversiez le plancher à fond de train, et d'une manière si étourdie, sans regarder où vous mettiez les pattes. Pourquoi donc étiez-vous si pressé ?

Kevin se gratta l'oreille d'une de ses pattes de derrière, d'un air embarrassé. Il essayait de gagner du temps. « Ce n'est pas tout à fait comme cela que j'avais imaginé lui faire ma demande, pensa-t-il, en présence du trio. Enfin, je suppose que ça les concerne aussi. Après tout, je vais demander d'être leur beau-père. »

Au même instant, ils entendirent une voix familière qui montait du plancher, juste devant le fauteuil. C'était l'amie souris.

– Comment vas-tu, ma chère ? disait Mme Fouine. Es-tu là ?

– Non, Denise, tu n'y es pas, dit Kevin d'un ton calme.

Il posa son museau au bord du coussin de la bergère.

– Mme Gray n'est pas à la maison, dit-il sèchement.

– J'aurais juré avoir entendu sa voix, dit Mme Fouine.

C'en était trop pour Kevin. Être dérangé à un tel moment et avec une queue enflammée par-dessus le marché !

– Du balai, vieux sac à puces, lui cria-t-il, vieille fouine !

– Kevin ! s'exclama Mme Gray, tandis que son amie quittait les lieux, offusquée, mais sa voix n'avait pas l'air trop mécontente, après tout.

– Sacré vieux Kev ! dit le trio. Mais tu ne nous a toujours pas dit pourquoi tu étais si pressé ?

– C'est parce que j'allais demander quelque chose à votre mère.

– Ce devait être drôlement important, dirent-ils en chœur.

– En effet, dit Kevin, et ça l'est toujours. C'est pourquoi je n'avais pas envie que votre amie l'entende, Denise.

– Je vois, dit Mme Gray. Dans ce cas, Kevin, ne vaudrait-il pas mieux me poser maintenant cette question si importante ?

– Oui, dit Kevin.

Il prit une longue inspiration.

– Denise, dit-il, voulez-vous m'épouser ?

12

LA FINALE

Le fermier Budge n'avait jamais eu très bon caractère. Jamais, même au temps qui précédait leurs épousailles, il y avait presque cinquante ans de cela, il ne s'était adressé autrement à sa femme, qu'en l'appelant « femme » et encore le plus souvent, l'appelait-il « femme stupide ».

Mais depuis la perte de son précieux œil de verre, son mauvais caractère s'était encore accru. Maintenant qu'il n'y avait plus de chats à houspiller, il devait se contenter de donner un coup de pied de temps à autre à son chien Nip ou bien à n'importe laquelle des créatures de la ferme – poule, canard ou oie – sur laquelle tombait le regard de son œil valide. Quant aux vaches, au cours de leur double voyage de la journée – à l'aller et au retour de la traite – elles recevaient plus que leur dû de coups de fouet, du nerf de bœuf du fermier.

Mais le pis de tout, c'était Mme Budge, car sans toutefois lever la main sur elle, son mari ne lui adressait plus la parole que sur le ton de la colère, et cela à propos de tout et de rien.

Le pain n'était jamais assez frais, ni le fromage assez goûteux, ni le pichet de cidre assez rempli – enfin, tout ce qu'elle faisait n'était jamais assez bien.

Il sembla même penser que c'était de sa faute s'il attrapait si peu de souris dans la maison, car il trouvait la plupart de ses pièges désamorcés sans que les sacrées petites bêtes se fassent prendre ; quant au poison, il semblait disparaître sans leur faire aucun mal.

– N'importe qui pourrait croire que tu les aimes, grommelait-il.

– Aimes qui ? demandait Mme Budge.

– Les souris, femme stupide ! La maison en est pleine.

– Eh bien, dit Mme Budge, il ne faut t'en prendre qu'à toi. Où est parti notre Wallace, je n'en sais rien, mais c'est bien toi qui as chassé notre Bertha.

– Bien sûr que je l'ai chassée ! s'écriait le fermier furieux.

Et de son index sale, il tapait sur le bandeau noir qui recouvrait son orbite vide.

– C'est bien elle qui a pris mon œil, n'est-il pas vrai ?

« Si seulement, je pouvais retrouver cet œil, se disait Mme Budge de temps à autre. S'il lui était rendu, je crois que Budge serait à nouveau lui-même. Non pas que cela le rendrait moins grognon – il l'a toujours été – mais du moins, il serait un peu plus heureux de pouvoir l'enlever et le remettre à sa place, comme il en avait l'habitude. Bien entendu, notre Bertha n'a pu l'emporter. Qui a jamais entendu parler d'un chat s'enfuyant avec un œil de verre dans la gueule. On pourrait tout aussi bien accuser les souris de l'avoir volé ! Non, non, il doit se trouver quelque part dans la pièce. Il faut absolument que je le retrouve. »

Mais bien qu'elle eût cherché de tous côtés – elle découvrit même sans le savoir le nœud du plancher où l'œil était tombé à l'origine et elle souleva la lame pour regarder en dessous – elle ne devait rien trouver, bien entendu.

« Le sacré machin est parti pour toujours », se dit-elle enfin.

Mais elle se trompait.

Un dimanche matin, le trio organisa un match de Noseball avec épreuves éliminatoires. D'habitude, les parties avaient lieu la nuit, quand le fermier et sa femme étaient couchés et qu'ils ne pouvaient entendre les couinements aigus de la foule des spectateurs, occupés à regarder le nouveau jeu sportif sur le terrain de la cave. Pourtant, ce dimanche-là, le trio avait décidé qu'un match en milieu de matinée serait bienvenu, vu qu'à ce moment-là, Mme Budge allait toujours à l'église et que le fermier Budge serait profondément endormi. Le dimanche, il buvait toujours davantage de cidre à son petit déjeuner, ce qui l'entraînait à faire un somme, allongé sur le sofa sous lequel la souricière avait retenu prisonnière la queue blanche de Wallace.

Il y avait maintenant un bon nombre d'équipes de Noseball à la Ferme du Verger – toutes des équipes de cinq joueurs – tellement le jeu était devenu populaire parmi le peuple des souris.

Bien que Combles de naissance, le trio des souriceaux avait déclaré à qui voulait l'entendre qu'ils s'opposaient au vieux système des paliers, trop prétentieux. Ils insistaient pour que les membres des nouvelles équipes soient choisis en fonction de leur habileté au jeu et non de leur palier d'origine. Pour montrer l'exemple, Thomas, Richard et Henri Gray – qui, après tout, avaient inventé le jeu– avaient pris dans leur équipe Kevin et Ada, la tante de Kevin. Thomas et Henri occupaient chacun une des ailes de l'équipe, tandis que Richard relançait le ballon, que Kevin était chargé de la défense et que Tante Ada, encore très légère sur pattes pour son âge, faisait le goal.

Toutes les équipes avaient adopté des noms imaginaires et celle du trio était l'équipe des Souris-Unies.

Ce dimanche-là, elle disputait la finale (chose peu surprenante, car le fin travail de museau et le contrôle du ballon restaient ses atouts majeurs) contre l'équipe des Souris-Vagabondes, devant un public nombreux venu de partout.

La plupart des souris de la Ferme du Verger étaient en effet venues y assister, mais non la mère du trio, à présent Mme Kevin Lebougnat.

– Tu ne viens pas, M'man ? avaient demandé les souriceaux.

– Pas aujourd'hui, les garçons, avait dit Denise. Je crois que je vais garder le nid.

– Tu n'es pas malade, Denise chérie ? avait demandé Kevin d'une voix anxieuse.

– Non, non. Juste un peu barbouillée.

Pourtant, ce matin-là, et bien que le fermier ronfle à son habitude, étendu de tout son long en travers du canapé, Mme Budge n'était pas sortie. C'était un jour particulièrement humide et froid, il pleuvait à seaux et elle avait décidé de manquer la messe.

A la place, elle se fit une bonne tasse de thé accompagnée de quelques biscuits – un petit extra – et prit soin d'en laisser tomber quelques miettes sur le plancher de la cuisine à l'intention de ses petites mignonnes.

Puis elle prit le pichet vide pour aller le remplir pour le déjeuner de son mari. La routine était immuable : Mme Budge allait chercher la boisson délicieuse pour les deux premiers repas du jour, tandis que l'après-midi, quand il avait terminé sa traite, le fermier Budge descendait lui-même à la cave pour tirer son pichet, à l'heure du thé. Il inspectait alors le niveau du tonneau et en profitait pour y faire un prélèvement sur place.

Mme Budge était adroite et n'en renversait pas une goutte, tandis que le lourdaud de fermier en répandait tout autour. Ce qui fait que les soirées avaient toujours été pour les Caves le moment de prendre quelques verres.

Grâce au jeu de Noseball et aux nouveaux liens d'amitié qui s'étaient tissés à cette occasion entre les différents clans, il y avait maintenant pas mal de monde qui venait de toute la maison pour savourer ces joyeuses libations.

Pichet en main et chaussée de ses vieilles pantoufles préférées, Mme Budge pour ne pas éveiller son mari endormi, passa devant lui sur la pointe des pieds et ouvrit très doucement la porte qui menait au cellier.

Descendant l'escalier, elle n'était encore qu'à mi-chemin quand, par la faible lueur qui venait des grillages et du conduit à charbon, elle aperçut la scène la plus extraordinaire qu'elle eut jamais vue.

Là, en bas, au milieu d'une grande foule de spectateurs, dix souris couraient en tout sens sur le sol de la cave, et jouaient à une sorte de jeu étrange. De leurs petits museaux, elles poussaient un objet rond, tandis que le public poussait lui, des couics d'encouragement.

Très lentement, très calmement, Mme Budge descendit encore une marche ou deux pour essayer de voir de plus près l'objet en question, et au même instant, l'un des joueurs l'envoya, d'une pichenette, entre les deux barils de cidre, au milieu des couinements excités de toute la foule.

Bien entendu, Mme Budge ne pouvait deviner que

Richard Gray venait de marquer le but de la victoire pour les Souris-Unies qui gagnaient ainsi par 3 à 2 contre l'équipe des Souris Vagabondes.

Mais elle put reconnaître avec quoi il avait marqué le but.

– Oh, mon dieu ! dit-elle dans un souffle. C'est l'œil de Budge !

13

Tout est bien…

Bien que Mme Budge ait eu, depuis des lustres, l'habitude qu'on l'appelle « femme stupide », elle était loin d'en être une.

Les pensées qui maintenant lui traversaient l'esprit étaient les mêmes que celles qui avaient tantôt hanté celui de Denise Lebougnat. Si elle parvenait à montrer à Budge que c'étaient les souris qui avaient retrouvé son précieux œil de verre, ne serait-il pas obligé de se sentir plus indulgent à leur égard ?

« Ne bougez pas d'ici, mes petites mignonnes, pensa-t-elle, mais attendez jusqu'à ce que je ramène Budge. » Et elle remonta l'escalier de son pas léger.

Elle éveilla doucement son mari en le touchant à l'épaule.

– Réveille-toi, lui dit-elle.

Le fermier Budge ouvrit son unique œil valide.

– Qu'est-ce qui s'passe, femme ? dit-il.

– J'ai quelque chose pour toi, dit-elle.

Le regard du fermier se posa sur le pichet que Mme Budge avait encore à la main.

– Femme stupide ! s'écria-t-il en colère. Le pichet est vide.

– Non, non, dit Mme Budge. C'est quelque chose que tu as perdu et qui a été retrouvé.

Le fermier Budge se mit debout avec peine.

– Mon œil ! s'écria-t-il. Tu as retrouvé mon œil !

– Ce n'est pas moi qui l'ai retrouvé.

– Mais qui alors ? Nip ?

– Non. Ce sont mes petites mignonnes qui l'ont retrouvé pour toi.

– Mignonnes ? Qu'est-ce que tu racontes, toi, espèce d'idiote de femme stupide.

– Viens voir, dit Mme Budge. Mais, chut ! Attention, sinon tu vas leur faire peur.

Doucement, le fermier sans chaussures, et sa femme en pantoufles, descendirent l'escalier de la cave.

Une fois la finale de Noseball terminée, la foule des spectateurs s'était dispersée. D'habitude, après un match, les habitués se réunissaient pour savourer quelques gouttes de boisson délicieuse ; malheureusement, le cidre renversé de la veille avait déjà était bu.

La pluie battante avait cessé et les souris de Cave étaient sorties dans la cour de la ferme, ce qu'elles pouvaient faire maintenant à n'importe quelle heure du jour, sans être inquiétées, depuis qu'il n'y avait plus de chats.

Les Basses, les Hautes et les Combles avaient toutes disparu en direction de la S1, pour se séparer ensuite, à leurs croisements respectifs.

Kevin s'était précipité en haut le premier, avant que la souris-route ne soit trop embouteillée ; il était anxieux de retrouver son épouse et de voir comment elle se sentait.

Seul restait encore le trio.

Assis ensemble au beau milieu du terrain de jeu, l'œil de verre à côté d'eux, ils savouraient leur victoire. C'étaient eux – l'équipe des Souris-Unies – qui étaient les Champions !

– Ce dernier but que tu as marqué, Richard, était super ! dit Thomas.

– Jamais je n'y serais arrivé sans vous deux, dit Richard. Tu as fait une passe splendide à Henri et il l'a interceptée magnifiquement.

– Leur gardien de but n'avait aucune chance de s'en sortir, dit Henri.

– L'union fait la force, chantèrent-ils en chœur.

– Kevin a fait un malheur ! dit Thomas.

– Quand le vieux Kev plaque son adversaire, il le plaque, dit Richard.

– Quant à sa Tante Ada, dit Henri, elle a fait quelques arrêts super !

Thomas regarda Richard qui à son tour regarda Henri qui à son tour regarda Thomas.

– Nous sommes les meilleurs ! dirent-ils en chœur.

Pendant toute cette scène, trois yeux n'avaient cessé de les observer depuis l'escalier de la cave jusqu'à ce qu'enfin les souriceaux se séparent rapidement, abandonnant derrière eux ce quatrième œil qui fixait froidement le fermier et sa femme tandis que ceux-ci se rapprochaient de lui.

Le fermier Budge se baissa et le ramassa. Encore hébété de sommeil et les idées brouillées par son cidre matinal, il secoua la tête d'un air incrédule.

– Je n'arrive pas à comprendre, dit-il, comment il peut se trouver là.

– Je n'en sais rien, dit Mme Budge, mais je suppose que tu dois en remercier les souris. Mes petites mignonnes ont dû le trouver quelque part et te l'apporter. Tu les as vues toi-même.

– Les souris ! dit le fermier Budge.

Mais au lieu de hurler le mot comme il en avait l'habitude, il le dit tout doucement.

– Eh bien, je n'aurais jamais cru... !

Il tendit vers elle sa main restée libre.

– Ici, dit-il. Donne-moi ce pichet, femme.

Puis il ouvrit le robinet du baril de cidre le plus proche, remplit le pichet et en but une grande lampée.

Ensuite, il arracha son bandeau noir et le lança au loin.

Enfin, il lava soigneusement l'œil de verre dans le pichet de cidre, le sécha en le frottant sur sa manche, le replaça dans son orbite et but à nouveau une grande lampée.

– Marrant ça ! dit-il calmement. Ces trois petites souris qui ont retrouvé mon œil. Il va falloir que je fasse quelque chose à ce sujet.

– Et qu'est-ce que tu vas faire ? dit Mme Budge.

– Ravive le feu du salon, femme, et tu verras, dit le fermier.

Comme les souris de la Ferme du Verger auraient été ravies de voir ce qui arriva alors ! Et combien ravie fut Mme Budge !

Car le fermier Budge fit le tour de la maison, ramassant ici et là tous les appâts empoisonnés et toutes les souricières pour les jeter dans le feu de la cheminée. Enfin, au grand étonnement de Mme Budge, il cassa même son nerf de bœuf sur son genou et lança les deux morceaux dans les flammes.

La vieille Mme Budge pensa s'étouffer de bonheur. « Qui aurait cru, pensa-t-elle, que Budge changerait à ce point en retrouvant son œil. »

Elle était si heureuse que, pour la première fois depuis des années, elle s'adressa à lui en l'appelant par son prénom.

– En bien, je suppose que tu es prêt pour ton déjeuner, Ephraïm.

« Qui sait, se dit-elle, peut-être qu'il m'appellera Eliza. »

Mais le fermier Budge se contenta de dire :

– Bien sûr, femme, je le suis. Et plus vite que ça !

Vous parlez d'une heureuse fin !

Les vaches étaient plus heureuses parce qu'elles étaient moins battues qu'auparavant. Nip, le chien colley, les poules, les canards et les oies étaient plus heureux parce qu'ils ne recevaient plus autant de coups de pied.

Mme Budge était plus heureuse parce que le fermier

Budge était, sinon heureux, en tout cas, moins grognon et de meilleur caractère qu'auparavant.

Quant aux souris, elles étaient incontestablement plus heureuses parce qu'elles n'avaient plus rien à craindre, sinon de mourir de vieillesse. Une seule chose portait ombrage à leur bonheur, c'était la perte de l'œil de verre. A présent qu'elles n'avaient plus de ballon, la saison du Noseball se terminait brutalement et pour toujours, semblait-il.

Le trio, qui avait été l'inventeur du jeu, était particulièrement touché par la disparition de son jouet.

– Juste au moment où les Souris-Unies étaient les chefs de file du Championnat, se lamentaient-ils.

– Ce qui est vraiment super, dit leur mère, c'est que les souricières et les appâts empoisonnés aient disparu. C'est vraiment plus important que votre vieux ballon.

– Oh, M'man ! dirent-ils. Tu dis ça simplement parce que tu ne joues pas.

– Si votre mère voulait jouer, dit Kevin, je suis sûr qu'elle serait géniale. Mais elle ne peut pas pour l'instant.

– Bien sûr qu'elle ne peut pas, dit le trio, il n'y a plus d'œil de verre. Aucun de nous ne peut jouer.

– Bon, il est inutile de venir pleurnicher et de vous plaindre à moi, dit Denise d'un ton sec. Il vaudrait mieux que vous trouviez quelque chose d'autre pour le remplacer.

– Je ne sais pas ce qu'a M'man en ce moment, se dirent les souriceaux en la quittant. On dirait qu'elle a quelque chose en tête.

Malgré tout, ils firent passer dans la maison le message disant que si on voulait continuer à jouer, il fallait trouver un ballon de remplacement. Aussitôt, plusieurs jeunes Noseballers parmi les plus zélés, des Combles, des Hautes et des Basses se portèrent volontaires pour sortir au-dehors et aider les souris de Cave dans leur recherche.

La première chose que l'on trouva fut un galet poli dans l'allée du jardin. Mais il n'était pas parfaitement rond et il ne roulait pas vraiment.

Puis l'on trouva une pomme de chêne, mais c'était encore trop léger.

Alors quelqu'un apporta du jardin une grosse groseille verte, mais elle était velue et leur chatouillait le museau.

Puis ce fut un œuf de merle qui était tombé du nid sans se casser, mais il explosa assez vite, au premier placage, et fut rapidement englouti par les joueurs.

On essaya même de se servir de petits morceaux de charbon de la cave, mais on n'arriva pas à en trouver un qui puisse rouler.

Bien entendu, le fermier Budge ne se doutait pas des problèmes causés par le retour de son œil de verre, mais Mme Budge le savait. Elle avait pris l'habitude de descendre les escaliers de la cave et de rester là, à mi-chemin, d'où elle regardait jouer ses petites mignonnes et il lui devint bientôt évident qu'elles avaient besoin de son aide.

Après y avoir songé quelque temps, elle trouva au fond de sa commode, un vieux collier qu'elle ne portait plus depuis des années. Il était fait d'un certain nombre de boules de verre, de couleur verte et de tailles variées – depuis de toutes petites, pas plus grandes qu'un pois, jusqu'à celles qui lui semblèrent être de la taille requise.

Elle en enleva une de la chaîne et la tint, en face du miroir, à côté de son œil (« Je suppose, se dit-elle, que mon œil est de la même taille que celui de Budge ») et elle lui sembla convenir exactement.

« Et de plus, pensa-t-elle, il y en a deux ou trois à peu près semblables qui pourront servir si celle-ci est perdue. »

Aussi ce fut avec grand plaisir que Thomas, Richard et Henri Gray, qui étaient descendus à la cave pour s'exercer, tant bien que mal, avec un nouveau morceau de charbon, découvrirent au milieu du terrain de jeu – comme si elle les attendait – la grosse boule verte.

– Regarde-moi ça ! couina Thomas.

– Comment est-elle arrivée jusqu'ici ? couina Richard.

– Qui s'en soucie ? couina Henri. C'est juste ce qu'il nous faut. Nous allons organiser un match sur-le-champ. Allons prévenir Kev !

Et s'arrêtant seulement pour remettre le nouveau ballon à la garde de Tante Ada, ils empruntèrent la voie rapide de la S1 et montèrent d'un trait sous les combles.

– Kev ! Kev ! couinaient-ils tous ensemble. Descends et viens voir ce que nous avons trouvé !

Du fond de la vieille bergère à oreilles, Kevin se tourna vers le trio. Il avait l'air béat.

– Montez et venez voir ce que « nous avons » trouvé, dit-il.

Thomas regarda Richard qui à son tour regarda Henri qui à son tour regarda Thomas. Puis ils se bousculèrent pour grimper dans la bergère.

Et là, au milieu d'un nouveau nid, bien confortable, gisait Denise, qui une fois avait été Mme Lebrun, alias Mme Lenoir, alias Mme Gray, et maintenant Mme Lebougnat, entourée de cinq nouveau-nés dodus, parfaitement nus et roses.

– Ouah ! s'écrièrent ensemble Thomas, Richard et Henri. Une équipe de Noseball toute prête !

– Oh, le trio ! dit Denise d'un air tendre. Vous êtes vraiment incorrigibles !

TABLE DES MATIÈRES

DICK KING-SMITH

L'AUTEUR

Dick King-Smith est né en 1922, à Bitton, petit village du Gloucestershire, en Angleterre. Fermier durant de nombreuses années, après avoir été soldat, vendeur, ou encore employé dans une usine de chaussures, il se lance vers l'âge de cinquante ans dans l'enseignement, avec un diplôme de l'université de Bristol en poche. Durant sept ans, il est instituteur dans une école primaire des environs de Bath. Lui qui très jeune, déjà, composait de la poésie et des histoires drôles – publiées notamment dans la revue *Punch* – trouve alors plus que jamais le temps de se consacrer à l'écriture.
A cinquante-quatre ans, il publie son premier livre pour enfants : *Babe, le cochon devenu berger*. Le succès est immédiat. Il lui vaut, en 1984, le prix du Roman pour enfants décerné par le quotidien britannique *The Guardian*, et inspire, quelques années plus tard le célèbre film : *Babe*.
Fervent admirateur de Beatrix Potter et de Rudyard Kipling, Dick King-Smith a, lui aussi, toujours affiché un très net penchant pour les histoires d'animaux. Sous sa plume, chats, cochons ou renards se mettent à parler et expriment une grande richesse d'émotions sans pour autant perdre leur vraie nature.
Aujourd'hui, Dick King-Smith, auteur de plus de soixante romans, est l'un des romanciers anglais les plus populaires. En Angleterre, les ventes de ses livres dans les seules collections de poche dépassent les deux millions d'exemplaires.
« Avec l'écriture, reconnaît-il, j'ai fini par trouver une profession qui me convient parfaitement et me plaît de

plus en plus. Pour faire venir l'inspiration, je m'assieds à ma table et l'imagination fait le reste. »
Marié, père de trois enfants, grand-père de dix petits-enfants, il vit actuellement à moins de cinq kilomètres de son lieu de naissance, dans une pittoresque maison du XVIIe siècle du hameau de Queen Charlton, où il écrit tous les jours. Il y a quelques années, il a également animé une émission pour enfants, en compagnie de son basset Dodo. Il y parlait avec talent des animaux et de leur environnement.

DIZ WALLIS

L'ILLUSTRATRICE

Diz Wallis est née en Angleterre. Elle a longtemps vécu dans les environs de Cambridge. Illustratrice depuis une vingtaine d'années, elle partage son travail entre ses propres albums et les illustrations de documentaires, notamment pour la collection Découvertes Benjamin, mais aussi de romans et d'anthologies de poèmes.
Chez Gallimard jeunesse, elle a également mis en couleur les illustrations de sir John Tenniel pour *Alice au pays des Merveilles.*

D'autres **histoires** de **Dick King-Smith** dans la collection FOLIO **JUNIOR**

HARRY EST FOU

n° 406

Lorsque Harry se trouva pour la première fois nez à nez avec Madison, il fit la grimace ! Pourquoi diable son oncle d'Amérique, l'oncle Georges, lui avait-il légué un perroquet africain au plumage gris, âgé de quarante ans et, de surcroît, muet ?

MAGNUS SUPER SOURIS

n° 591

Par quel étrange caprice du destin la souris Madeleine a-t-elle pu mettre au monde un fils aussi gros qu'un bébé rat ? Seules les pilules destinées à engraisser les cochons parviennent à satisfaire l'insatiable appétit du phénoménal souriceau. Sa taille et son poids s'accroissent de jour en jour…

LE NEZ DE LA REINE

n° 775

Le souhait le plus cher d'Harmony : avoir un animal bien à elle. Pas un éléphant ni même un chimpanzé. Un bébé-chien ou un couple de souris feraient l'affaire. Pourquoi ses parents s'y opposent-ils ? Heureusement, il y a l'oncle Ginger et sa pièce de monnaie magique. Mais pour voir son vœu exaucé, Harmony devra surmonter bien des obstacles, déchiffrer une énigme, se montrer perspicace et généreuse. A sa grande surprise, elle parviendra ainsi à mieux connaître sa famille.

BABE LE COCHON DEVENU BERGER

n° 346

Le cœur tendre de la chienne Ficelle s'émeut à la vue du tout petit cochon perdu dans son grand box. La chienne de berger adopte l'orphelin qui, imitant ses camarades, décide alors de devenir un cochon de berger !

Maquette : Françoise Phan

Loi n° 49-956 du 16 juillet 1949
sur les publications destinées à la jeunesse
ISBN 2-07-051489-7

Numéro d'édition : 88081
Dépôt légal : septembre 1998
Premier dépôt légal : avril 1998
Imprimé par l'imprimerie Hérissey, à Évreux
Numéro d'impression : 43608